O lugar

FÓSFORO

ANNIE ERNAUX

O lugar

Tradução do francês por
MARÍLIA GARCIA

7ª reimpressão

Arrisco uma explicação: escrever
é o último recurso quando se traiu.

JEAN GENET

PARA TIRAR O CERTIFICADO DE APTIDÃO ao cargo de professora do ensino médio, precisei fazer uma prova didática em uma escola em Lyon, no bairro da Croix-Rousse. Era uma escola nova, com plantas nos espaços reservados à administração e ao corpo docente, uma biblioteca com carpete cor de areia no térreo. Ali fiquei aguardando me buscarem para fazer a prova, que consistia em dar uma aula na frente de um inspetor e de dois assistentes, professores de letras muito renomados. Uma mulher corrigia as provas com um ar de superioridade, sem nenhum tipo de hesitação. Bastaria cumprir, na próxima hora, todas as regras para conseguir o certificado que me faria ser como ela pelo resto da minha vida. Diante de uma turma de segundo ano científico, analisei 25 linhas — que deviam estar numeradas — de *O pai Goriot*, de Balzac. Logo em seguida, já na sala da direção, o inspetor me recriminou: "Sua aula foi muito arrastada". Ele estava sentado entre os dois assistentes, um homem e uma mulher míope de sapatos cor-de-rosa. E eu na frente deles. Durante quinze minutos, o inspetor misturou críticas, elogios e conselhos que eu mal conseguia ouvir, me perguntando se tudo aquilo significava uma reprovação. De repente, os três se levantaram ao mesmo tempo com um ar grave. Também me levantei rápido. O inspetor estendeu a mão. Depois, olhando-me nos olhos: "Meus parabéns, minha senhora". Os outros repetiram "Parabéns" e me apertaram a mão, a mulher sorria.

Não conseguia deixar de pensar nessa cerimônia, enquanto ia até o ponto de ônibus, sentindo raiva e uma espécie de vergonha. Naquela noite, escrevi aos meus pais contando que fora aprovada e agora tinha o certificado para ser professora. Minha mãe respondeu que eles estavam muito felizes por mim.

Meu pai morreu exatamente dois meses depois desse dia. Ele tinha 67 anos e, ao lado da minha mãe, era dono de um pequeno negócio, um café-mercearia, que ficava em um bairro tranquilo, perto da estação de trem em Y... (na região de Seine-Maritime). Ele tinha planos de se aposentar dentro de um ano. Com frequência acontece, por uns poucos segundos, de eu não saber mais se a cena em Lyon se deu antes ou depois disso, se aquele mês de abril com tanto vento, em que me vejo esperando um ônibus na Croix-Rousse, precede ou se segue ao sufocante mês de junho da morte do meu pai.

Foi em um domingo, no começo da tarde.

Minha mãe apareceu no alto da escada. Ela enxugava os olhos com o guardanapo que provavelmente tinha levado consigo para o quarto depois do almoço. Disse em um tom neutro: "Acabou". Não me lembro do que aconteceu nos minutos seguintes. O que vejo depois disso são os olhos do meu pai fixos em alguma coisa atrás de mim, ao longe, e seus lábios levantados por cima da gengiva. Acho que pedi à minha mãe que fechasse os olhos dele. Em volta da cama, estavam também a irmã da minha mãe e o marido dela. Tinham se oferecido para vir ajudar com a toalete e com a barba, era preciso fazer tudo rápido, antes que o corpo ficasse rígido. Minha mãe sugeriu vesti-lo com o terno que ele havia usado pela primeira vez no meu casamento, três anos antes. Toda a cena transcorreu de forma singela, sem choros, nem soluços, minha mãe com os olhos vermelhos e o rosto em um ricto permanente. Os gestos eram tranquilos, sem perturbação, acompanhados por conversas banais. Meu tio e minha tia repetiam "foi tão rápido" ou "como ele está diferente". Minha mãe se dirigia ao meu pai como se ele ainda estivesse vivo, ou como se tivesse assumido uma forma especial de vida, semelhante à dos recém-nascidos. Muitas vezes, referia-se a ele de forma carinhosa dizendo "meu pobre paizinho".

Depois de feita a barba, meu tio levantou o corpo e o manteve erguido para que pudéssemos tirar a camisa usada por ele nos últimos dias e substituí-la por uma limpa. A cabeça ficava caindo para a frente, por cima do peito nu coberto de pequenas veias. Pela primeira vez em minha vida, vi o sexo do meu pai. Minha mãe rapidamente o cobriu com um pedaço da camisa limpa, sem deixar de rir um pouco: "Esconde a sua miséria, meu pobre homem". Ao terminar de arrumar meu pai, juntamos as mãos dele na frente segurando um rosário. Já não sei se foi minha mãe ou minha tia que disse: "Bem melhor assim", isto é, limpo, adequado. Fechei as persianas e acordei meu filho, que tirava uma soneca no quarto ao lado. "O vovô foi nanar."

Avisada pelo meu tio, a família que morava em Y... começou a chegar. Subiam comigo e com minha mãe e ficavam diante da cama, alguns instantes de silêncio, depois cochichavam sobre a doença e o fim repentino. Quando desciam, oferecíamos a eles alguma bebida no café.

Não me lembro do médico de plantão que veio atestar o falecimento. Em poucas horas, a fisionomia do meu pai se tornou irreconhecível. Perto do fim da tarde, fiquei sozinha no quarto com ele. O sol deslizava pelo piso de linóleo através das persianas. Já não era meu pai. O nariz se avolumara e passara a ocupar todo o rosto vazio. Dentro do terno azul-escuro, largo nas laterais do corpo, ele parecia um pássaro deitado. Aquele rosto de homem com olhos bem abertos e fixos no momento seguinte à sua morte tinha desaparecido por completo. Também aquele rosto eu nunca mais veria.

Começamos a pensar no enterro, nas pompas fúnebres, na missa, nos convites, nas roupas de luto. Minha sensação era de que esses preparativos não tinham relação alguma com meu pai. Uma cerimônia que, por um motivo qualquer, não contaria com sua presença. Minha mãe estava muito agitada e contou que, na noite anterior, meu pai tinha tateado no escuro em busca dela para lhe dar um beijo, quando já nem sequer falava. Ela acrescentou: "Ele era muito bonito, sabe, quando era mais novo".

O mau cheiro começou na segunda-feira. Eu não tinha ideia de como seria. Um fedor adocicado, depois terrível, de flores esquecidas em um jarro de água parada.

Minha mãe fechou a loja apenas no dia do enterro. Senão, perderia clientes e ela não podia se dar ao luxo. Meu pai morto deitado no andar de cima, ela servindo vinho e licores no andar de baixo. Lágrimas, silêncio e dignidade — tal é o comportamento que se espera, em um mundo elegante, quando morre alguém próximo. Mas minha mãe, como aqueles ao seu redor, obedecia a convenções sociais que nada tinham a ver com a dignidade. Entre a morte do meu pai no domingo e o sepultamento na quarta, cada cliente, ao se sentar, comentava o fato em voz baixa, com um tom lacônico: "Foi tão de repente..."; ou, então, com um tom falsamente alegre: "Ora, ora, o patrão entregou os pontos!". Também confessavam terem se emocionado com a notícia, "fiquei abismado", "nossa, nem sei o que achar". Queriam expressar, dessa maneira, que minha mãe não estava sozinha em sua dor, era uma gentileza com ela. Muitos faziam questão de recordar qual fora a última vez em que o tinham visto com saúde, buscando todos os detalhes do último encontro, o lugar exato, o dia, como estava o tempo, o assunto da conversa. Essa descrição minuciosa de um momento da vida em que o simples fato de se estar vivo era algo natural servia para dizer que a morte de meu pai era desconcertante. Era também por gentileza que pediam para ver o "patrão". Minha mãe, porém, não atendia a todos os pedidos. Separava os bons clientes, que tinham uma simpatia genuína, dos maus, levados pela simples curiosidade. Quase todos os frequentadores do café puderam se despedir do meu pai. A esposa de um fornecedor que morava na vizinhança foi barrada porque meu pai, em vida, não suportava vê-la, "com aquele seu biquinho".

As pompas fúnebres foram na segunda-feira. A escada que levava da cozinha aos quartos acabou se revelando demasiado estreita para o caixão. O corpo precisou ser guardado em um saco plástico e arrastado, mais do que carregado, pelos degraus até o caixão instalado bem no meio do café, que ficou fechado durante uma hora. A operação foi longa e acompanhada pelas observações dos funcionários sobre a melhor maneira de carregar o corpo, girar na curva da escada etc.

Havia um buraco no travesseiro no lugar onde a cabeça dele tinha ficado desde domingo. Enquanto o corpo estivera lá, não limpamos o quarto. As roupas do meu pai ainda estavam sobre a cadeira. Abri o zíper do bolso do macacão e tirei de lá um maço de notas, que era o dinheiro do caixa do café da quarta-feira anterior. Joguei fora os remédios e levei as roupas para lavar.

Na véspera do funeral, preparamos um cozido de vitela para a refeição que se seguiria à cerimônia. Seria indelicado mandar para casa de estômago vazio as pessoas que nos honrariam comparecendo ao enterro. Meu marido chegou à noite, bronzeado, com certo mal-estar por um luto que não era seu. Dormimos na única cama de casal, aquela onde meu pai havia morrido.

Muita gente do bairro estava na igreja, mulheres que não trabalhavam, operários que conseguiram tirar uma hora de folga. Naturalmente, ninguém do "alto escalão" tinha se esforçado para ir, gente com quem meu pai fizera algum negócio durante sua vida. E nem outros comerciantes. Ele não pertencia a nenhuma associação, apenas pagava uma contribuição à junta comercial, mas não fazia parte do que quer que fosse. Na hora do enterro, o padre falou de uma "vida honesta, de trabalho", de "um homem que nunca fez mal a ninguém".

Houve o momento do aperto de mãos. Por um engano do sacristão responsável pelo serviço — a não ser que ele tenha planejado aquilo para dar uma impressão de ter mais gente presente — as mesmas pessoas que já tinham nos cumprimentado passaram de novo. Na segunda vez, foi uma rodada rápida e sem condolências. No cemitério, quando o caixão desceu, se equilibrando entre as cordas, minha mãe desatou a chorar, como no dia do meu casamento na hora da missa.

A refeição depois do enterro foi servida no salão do café, com as mesas dispostas em fileiras. De início estavam todos em silêncio, mas logo as conversas começaram. Depois de uma longa soneca, meu filho ia de um colo para o outro distribuindo flores, pedrinhas e tudo o mais que ele tinha conseguido no jardim. O irmão do meu pai, sentado longe de mim, se debruçou para poder me ver e gritar à distância: "Lembra quando você ia com seu pai de bicicleta para a escola?". A voz dele era igual à do meu pai. Por volta das cinco, os convidados foram embora. Sem dizer nada, arrumamos as mesas. Meu marido tomou o trem de volta na mesma noite.

Eu fiquei por uns dias com minha mãe para ajudar com os trâmites e formalidades próprios de um falecimento. Dar entrada no atestado de óbito, pagar o serviço funerário, responder às mensagens. Fazer novos cartões de visita, Senhora *viúva* de A... D... Dias vazios, sem nenhum pensamento. Várias vezes, caminhando pelas ruas, eu me dizia, "eu sou uma adulta" (minha mãe dizia antigamente, "você é uma mocinha", por causa da menstruação).

Juntamos as roupas do meu pai para distribuir aos mais carentes. No bolso da jaqueta que ele usava no dia a dia, pendurada na adega, encontrei sua carteira. Dentro dela, havia uns trocados, a carteira de motorista e, na parte que dobra, uma foto embrulhada em um pedaço de jornal. Antiga e com as bordas dentadas, a imagem mostrava um grupo de operários alinhados em três fileiras, todos de chapéu e olhando para a câmera. Foto típica dos livros de história para "ilustrar" uma greve ou a Frente Popular. Reconheci meu pai na terceira fila, o ar sério, quase preocupado. Muitos deles riam. No recorte de jornal havia o resultado da prova de ingresso para a faculdade de educação. Os nomes vinham por ordem de colocação, o segundo era o meu.

Minha mãe aos poucos foi se acalmando. Ela servia os clientes como antes. Sozinha, seu rosto envelheceu. Todas as manhãs bem cedo, antes de abrir o café, ela ia ao cemitério.

No trem de volta, no domingo, tentei distrair meu filho para ele ficar quieto, os viajantes de primeira classe não gostam de barulho, nem de criança agitada. De repente, pensei estupefata: "agora sou mesmo uma burguesa" e "tarde demais".

Depois, ao longo do verão, enquanto esperava meu primeiro cargo de professora, pensei: "um dia terei que explicar todas essas coisas". Ou seja, terei que escrever sobre meu pai, sobre a vida dele e sobre essa distância entre nós dois, que teve início em minha adolescência. Uma distância de classe, mas bastante singular, que não pode ser nomeada. Como um amor que se quebrou.

Em seguida, comecei a escrever um romance cujo personagem principal era ele. No meio da narrativa, tive uma sensação dc mal-cstar.

Só há pouco percebi que escrever o romance é impossível. Para contar a história de uma vida regida pela necessidade, não posso assumir, de saída, um ponto de vista artístico, nem tentar fazer alguma coisa "cativante" ou "comovente". Vou recolher as falas, os gestos, os gostos do meu pai, os fatos mais marcantes de sua vida, todos os indícios objetivos de uma existência que também compartilhei.

Nada de memória poética, nem de ironia grandiloquente. Percebo que começa a vir com naturalidade uma escrita neutra, a mesma escrita que eu usava em outros tempos nas cartas que enviava aos meus pais contando as novidades.

A história começa a poucos meses do século 20, em um vilarejo na região de Pays de Caux, a 25 quilômetros do mar. Aqueles que não possuíam terra *alugavam* sua mão de obra para as grandes propriedades da região. Assim, meu avô trabalhava em uma fazenda como condutor de carroças. No verão, também fazia a colheita e cuidava do feno. Foi a única coisa que ele fez em toda a sua vida desde os oito anos de idade. Sábado à noite, entregava o pagamento recebido para sua mulher e ela o liberava no domingo para jogar dominó e tomar sua bebidinha. Ele voltava para casa embriagado, ainda mais infeliz. Por qualquer coisa, dava uns safanões nas crianças. Era um homem duro, ninguém se atrevia a brincar com ele. Mulher sua *não podia rir à toa*. Essa personalidade hostil foi sua fonte de energia vital, a força necessária para resistir à miséria e acreditar que ele era um homem. O que ele mais detestava era ver dentro de casa alguém da família mergulhado em um livro ou jornal. Ele não tinha tido tempo de aprender a ler e escrever. Contar, ele sabia.

Só vi meu avô uma vez, no asilo onde ele morreria três meses depois. De mãos dadas comigo, meu pai me conduziu por um quarto enorme, passando no meio de duas fileiras de camas, até um velhinho com uma bela cabeleira branca e encaracolada. Ele ria o tempo todo me olhando com doçura. Meu pai entregou a ele uma garrafinha de aguardente *eau-de-vie* que ele guardou debaixo dos lençóis.

Sempre que me falavam de meu avô, começavam dizendo que ele "não sabia ler nem escrever", como se sua vida e sua personalidade não pudessem ser compreendidas sem essa informação básica. Minha avó, sim, tinha aprendido a ler na escola de freiras. Como as outras mulheres da região, ela trabalhava em casa como tecelã para uma fábrica de Rouen, em um quarto sem entrada de ar, que recebia a luz do dia por estreitas aberturas alongadas, pouco mais largas do que seteiras. Os tecidos não podiam ser danificados pela luz. Era uma mulher limpa, que também prezava pela limpeza da casa, virtude considerada a mais importante no vilarejo onde moravam. Os vizinhos vigiavam a brancura da roupa de cama e seu estado enquanto secava no varal e eles sabiam se os urinóis eram esvaziados todos os dias. Embora as casas ficassem isoladas umas das outras por sebes e desníveis, nada escapava ao olhar dos outros, nem o horário em que os homens voltavam dos bares, nem a semana em que as toalhinhas higiênicas deveriam estar balançando ao vento no varal.

Minha avó era realmente muito elegante, nas festas usava uma anca postiça de papelão e não tinha o hábito de urinar em pé vestida com suas saias, como a maior parte das mulheres do campo fazia por ser mais conveniente. Perto dos quarenta anos, depois de cinco filhos, começou a ter pensamentos sombrios, e parava de falar por alguns dias. Mais tarde, teve reumatismo nas mãos e nas pernas. Para se curar, ia visitar são Riquier e são Guillaume du Désert, esfregava as estátuas com um pano que depois ela passava onde doía. Aos poucos, foi parando de andar. Alugavam uma carruagem para levá-la até os santos.

Eles moravam em uma casa baixa, com telhado de palha e chão de terra batida. Para limpar, bastava jogar água e depois varrer. Eles viviam com o que produziam na horta e no galinheiro, além da manteiga e do leite que o fazendeiro dava ao meu avô. Os casamentos e as comunhões eram programados com meses de antecedência, e as pessoas ficavam três dias sem comer para aproveitar melhor a festa. Uma criança do vilarejo que se recuperava de escarlatina acabou morrendo sufocada no próprio vômito, que estava cheio de pedaços de frango com os quais tinha se empanturrado. Nos domingos de verão, eles iam às "reuniões", onde dançavam e jogavam. Um dia, meu pai estava no alto de um pau de sebo quando escorregou antes de conseguir pegar o cesto de mantimentos. Meu avô ficou com ódio durante horas. "Seu jumento idiota", repetia em patoá.

O sinal da cruz sobre o pão, a missa, a Páscoa. A religião, bem como a higiene pessoal, dava-lhes a dignidade. Arrumavam-se aos domingos, cantavam o Credo ao lado dos grandes fazendeiros, colocavam moedas no prato de doações. Meu pai era coroinha e adorava acompanhar o padre quando ia fazer a extrema-unção. Quando eles passavam, todos os homens tiravam os chapéus.

As crianças costumavam ter vermes. Para o tratamento, costuravam no lado de dentro da camisa, perto do umbigo, uma bolsinha cheia de alho. No inverno, algodão nos ouvidos. Quando leio Proust ou Mauriac, não consigo acreditar que eles se referem à mesma época em que meu pai era criança. O ambiente em que meu pai vivia era medieval.

Ele percorria dois quilômetros a pé até a escola. Às segundas, o professor inspecionava as unhas, o cós da camisa de baixo, o cabelo, para conferir se não tinha piolho. Seu método de ensino era severo, ele dava com uma régua de ferro na ponta dos dedos, e assim era *respeitado*. Alguns de seus alunos eram os primeiros colocados da região na prova de conclusão do primário, um ou dois entravam na escola normal de formação de professores. Meu pai perdia muitas aulas, pois precisava ir à colheita da maçã, do feno, ou separar a palha em feixes, ou por causa de todas as coisas que são semeadas e devem ser colhidas. Quando ele voltava às aulas, com o irmão mais velho, o professor dizia aos brados: "Seus pais não querem que vocês tirem a barriga da miséria!". Ele conseguiu aprender a ler e a escrever sem erros. Ele adorava aprender. (Diziam na época "aprender" sem completar o verbo, como "beber" ou "comer".) E também gostava de desenhar rostos e bichos. Aos doze anos, estava na última série do ciclo, quando meu avô precisou tirá-lo da escola e levá-lo para trabalhar na fazenda onde ele trabalhava. Já não dava para continuar alimentando alguém que não fazia nada. "Ninguém se opunha, acontecia o mesmo com todo mundo."

O livro didático do meu pai se chamava *Le tour de la France par deux enfants*.* Nele havia frases estranhas, como:

Aprender a estar sempre feliz com o destino que temos. (p. 186 da 326ª edição)

A coisa mais linda do mundo é a caridade do pobre. (p. 11)

Uma família unida pelo afeto possui a maior das riquezas. (p. 260)

A maior felicidade de ser rico é poder aliviar a miséria alheia. (p. 130)

Ideais sublimes aplicados em crianças pobres resultavam em discursos deste tipo:

* *Le tour de la France par deux enfants* [Duas crianças dão um passeio pela França] é um livro didático de Augustine Fouillée, que assinava com o pseudônimo de G. Bruno, publicado em 1877. Muito utilizado na França até meados dos anos 1950, conta a história de dois irmãos que, após a morte do pai, saem pelo país em busca de parentes. Ao longo da jornada, são apresentados ensinamentos morais, patrióticos, históricos e geográficos. (N. E.)

Um homem ativo não perde sequer um minuto e, no fim do dia, cada hora conta muito. Aquele que é negligente, pelo contrário, adia o trabalho para outro momento; dorme e descuida de si onde quer que esteja, seja na cama, na mesa ou no meio de uma conversa; o dia termina e ele não fez nada; os meses e anos escorrem pelos dedos, chega a velhice e ele não saiu do lugar.

Era o único livro do qual meu pai se lembrava, "parecia ser muito real".

Ele começava a ordenhar as vacas às cinco da manhã, limpava a estrebaria, cuidava dos cavalos, ordenhava as vacas de novo à tardinha. Em troca do seu trabalho, tinha casa, comida, roupa lavada e um pouco de dinheiro. Dormia em cima do estábulo, em um colchão de palha sem lençol. Os bichos sonhavam, passavam a noite toda batendo no chão com as patas. Ele ficava lembrando da casa de seus pais, lugar agora proibido. Uma das irmãs, que era uma espécie de empregada faz-tudo, aparecia de vez em quando levando uma trouxa com seus pertences e ficava parada na cerca, em silêncio. Meu avô blasfemava, ela não sabia dizer por que havia fugido de seu trabalho outra vez. À noite, ele a levava de volta para a casa dos patrões, envergonhado.

Meu pai era alegre, brincalhão, sempre com mil histórias para contar, pronto para brincar com todo mundo. Na fazenda, não havia ninguém da idade dele. Aos domingos, ele ajudava na missa com o irmão, que também era vaqueiro. Ia às "reuniões", dançava, encontrava os colegas da escola. *Apesar de tudo, éramos felizes. Tínhamos de ser.*

Ele continuou trabalhando na fazenda até servir o exército. As horas de trabalho não eram contadas. Os fazendeiros aos poucos reduziam a comida. Um dia, um bife servido no prato de um velho vaqueiro se mexeu de leve, debaixo estava cheio de larvas. O limite do tolerável fora ultrapassado. O velho se levantou, dizendo que eles não podiam mais ser tratados como bichos. Trocaram o bife. Eles não estavam no *Encouraçado Potemkin*.

As vacas da manhã e as da tarde, a chuvinha de outubro, litros e litros de maçãs trituradas, os excrementos do galinheiro recolhidos com imensas pás, sentir calor e sede. Mas também a *galette des rois*, torta do dia de Reis, o almanaque *Vermot*, as castanhas assadas, *se a terça de carnaval vai muito mal vamos fazer um crepe*, a sidra engarrafada e estourar as rãs soprando com um canudo. Seria fácil fazer alguma dessas coisas. O eterno retorno das estações, as alegrias simples e o silêncio do campo. Meu pai trabalhava em uma terra que pertencia a outras pessoas, ele não conseguia enxergar nenhuma beleza nela. O esplendor da Mãe-Terra e os outros mitos escapavam ao seu olhar.

Durante a Guerra de 1914, nas fazendas só ficaram os jovens como meu pai e os mais velhos. Eles foram poupados. Meu pai acompanhava o avanço dos exércitos em um mapa preso na parede da cozinha, descobria as revistas eróticas e ia ao cinema em Y... Todo mundo lia em voz alta a legenda embaixo das imagens, muitos não conseguiam chegar ao final da frase a tempo. Ele usava gírias que o irmão lhe ensinava quando estava de licença. As mulheres cujos maridos estavam no front tinham suas roupas para lavar vigiadas de perto pelas vizinhas, que verificavam se não estava faltando nada.

A Guerra transformou totalmente a vida das pessoas. No vilarejo, passaram a brincar de ioiô e a tomar vinho nos cafés em vez de sidra. Nas festinhas, as moças já não gostavam muito dos rapazes que trabalhavam nas fazendas, pois eles sempre exalavam um cheiro forte.

Foi no exército que meu pai conheceu o mundo. Paris, o metrô, uma cidade da região da Lorraine, o uniforme que os deixava todos iguais, os colegas vindos de todos os cantos, o quartel era maior do que um castelo. Lá teve a oportunidade de trocar por uma prótese seus dentes estragados pela sidra. Com frequência era fotografado.

Quando voltou para casa, não quis mais trabalhar com a cultura. Era assim que ele chamava o trabalho na terra. O outro sentido de cultura, o sentido espiritual, ele considerava inútil.

Naturalmente a única opção era trabalhar em uma fábrica. No fim da guerra, Y... começou a se industrializar. Meu pai entrou em uma indústria de cordas que admitia rapazes e moças a partir de treze anos. Era um trabalho limpo e ao abrigo das intempéries. Havia banheiros e vestiários divididos por sexo, e o horário de trabalho era fixo. Depois que tocava o apito da fábrica, ele estava livre e não levava impregnado na pele o cheiro de leite. Tinha ficado para trás a primeira fase da sua vida. Em Rouen ou no Havre, havia trabalhos mais bem pagos, mas teria sido preciso deixar a família, sacrificando a própria mãe, e enfrentar os perigos de morar em uma cidade. Não teve coragem para encarar: passara oito anos lidando com bicho e com mato.

Ele era sério, o que significa, para um operário, não beber nem ser preguiçoso ou festeiro. Cinema e charleston, sim, mas nada de bares. Seus chefes o viam com bons olhos, ele não se envolvia com sindicato nem com política. Comprou uma bicicleta e toda semana economizava um pouco de dinheiro.

Minha mãe deve ter valorizado todas essas características quando o conheceu na fábrica de cordas, para onde ela foi depois de ter trabalhado na de margarina. Ele era alto, moreno, de olhos azuis, andava sempre com a postura reta, e "se achava" um pouco. "Meu marido nunca se comportou como um homem da classe operária."

Ela tinha perdido o pai. Minha avó costurava para fora, lavava e passava para conseguir terminar de criar os últimos de seis filhos. Aos domingos, minha mãe ia à padaria com as irmãs comprar um saquinho cheio de pedaços de bolo. Meus pais não puderam começar a namorar logo, pois minha avó não queria que levassem embora as suas filhas demasiado cedo, a cada vez que uma saía, ela perdia três quartos de sua renda.

As irmãs do meu pai, empregadas na casa de famílias burguesas, olhavam para a minha mãe com ar de superioridade. As moças que trabalhavam nas fábricas eram acusadas de não saber sequer arrumar a própria cama, de levar uma vida à toa. Nas cidadezinhas, eram vistas com maus olhos. Ela se esforçava para imitar as roupas das revistas de moda, foi uma das primeiras moças a fazer um corte de cabelo, usava vestidos curtos e pintava os olhos e as unhas. Ela ria alto. Mas, na verdade, nunca permitiu que ninguém mexesse com ela nos banheiros, ia à missa todos os domingos e bordou seus próprios lençóis e seu enxoval. Era uma operária cheia de vida, audaciosa. Uma de suas frases preferidas: "Sou tão boa quanto eles".

Na foto de casamento, ela está com os joelhos à mostra. Olha firme para a câmera por baixo do véu que cai sobre a testa até em cima dos olhos. Parece Sarah Bernhardt. Meu pai está em pé ao lado dela, com um bigodinho e a gola toda engomada. Nenhum dos dois sorri.

Ela sempre teve vergonha de demonstrar seu amor. Os dois nunca trocavam gestos afetuosos nem se acariciavam. Na minha frente, quando ele ia dar um beijo nela, batia a cabeça de forma rude em sua bochecha, como se fosse uma obrigação. Muitas vezes lhe dizia coisas banais encarando-a, então ela baixava os olhos se segurando para não rir. Só adulta fui entender que dessa forma ele fazia alusões sexuais. Ele sempre cantarolava "Parlez-moi d'amour", ela emocionava a todos cantando nas refeições de família, *Voici mon corps pour vous aimer*.

Ele tinha aprendido a condição essencial para não reproduzir a miséria dos pais: não *se deixar controlar* por uma mulher.

Eles alugaram uma casa em Y..., em um quarteirão só de casas que davam, de um lado, para uma rua movimentada e, do outro, para um pátio interno em comum. Dois cômodos no térreo, dois no primeiro andar. Para minha mãe principalmente, ter um "quarto no alto" era a realização de um sonho. Com as economias do meu pai, tinham tudo o que era preciso, uma sala de jantar e, no quarto, um armário com espelho. Nasceu uma filha e minha mãe ficou em casa. Começou a se entediar. Meu pai conseguiu um emprego que pagava melhor do que na fábrica, consertando telhados.

Foi ela que teve a ideia. Um dia levaram meu pai para casa em estado de choque depois de ter caído do alto de uma viga num telhado que ele estava consertando. E se abrissem um negócio próprio? Começaram a economizar, comiam só pão e linguiça. De todas as possibilidades de negócio, não podia ser um com investimento alto, nem que exigisse conhecimentos específicos, apenas compra e venda de mercadorias. Uma loja não muito cara, pois naquela região as pessoas ganhavam pouco. Num domingo, foram de bicicleta ver os pequenos cafés do bairro, os armazéns e as lojinhas. Procuraram saber se não havia concorrência próxima, tinham medo de serem enganados, de perder tudo e, afinal de contas, *voltar a ser operários*.

Em L..., a trinta quilômetros do Havre, no inverno, a névoa estancava em cima da cidade durante o dia inteiro, sobretudo na região escarpada que ficava ao longo do rio, conhecida como Vallée. Uma vila operária tinha sido construída ao redor da fábrica de tecidos, uma das maiores da região até os anos 1950, que pertencia à família Desgenetais, comprada em seguida pelos Boussac. Ao terminarem a escola, as moças entravam para a tecelagem e, mais tarde, uma creche acolheria seus filhos a partir das seis da manhã. Três quartos da população masculina trabalhavam lá também. O único café-mercearia da região ficava no fundo da Vallée. O teto era tão baixo que dava para encostar nele levantando a mão. Os cômodos, demasiado escuros, a luz tinha de ficar acesa em pleno dia, um pátio minúsculo com um banheiro que desaguava diretamente no rio. Não é que fossem indiferentes ao seu entorno, mas *era preciso viver*.

Pegaram um financiamento para comprar o local.

No começo, era o paraíso na terra. As prateleiras cheias de comida e bebida, patês, pacotes de doces. Admiravam-se de ganhar dinheiro de forma tão simples, com um esforço físico tão reduzido, fazer o pedido, arrumar, pesar, fazer as contas, *muito obrigada, não há de quê*. Nos primeiros dias, quando a campainha tocava, os dois corriam juntos para a loja, enchendo os clientes com as perguntas rituais, como "algo mais?". Divertiam-se com tudo, agora eram chamados de "patrão" e "patroa".

As dúvidas começaram a surgir quando uma mulher, já com as compras na bolsa, disse em voz baixa, estou num aperto esses dias, será que posso acertar no sábado? Depois veio outra, e outra. Vender fiado ou voltar para a fábrica. Vender fiado pareceu menos ruim.

Para seguir em frente, não ceder aos caprichos. Nunca tomar um aperitivo nem abrir iguarias especiais, só aos domingos. Viram-se obrigados a se afastar dos irmãos e irmãs que, antes, eles haviam presenteado para mostrar que estavam bem de vida. Medo constante de *comer o negócio*.

Naquela época, sobretudo no inverno, eu chegava da escola esbaforida, esfomeada. Tudo ficava apagado em casa. Os dois estavam na cozinha, ele sentado na mesa, olhando pela janela, minha mãe em pé ao lado do fogão a gás. Um silêncio concreto caía em cima de mim. Às vezes, um dos dois dizia, "vai ser melhor vender". Nem valia a pena começar a fazer meus deveres de casa. As pessoas iam a *outros lugares*, à Cooperativa, ao falanstério, a qualquer outro lugar. O cliente que abria a porta inocentemente nos soava como um escárnio. Era recebido como um cachorro e acabava pagando por todos aqueles que não vinham à loja. O mundo tinha nos abandonado.

O café-mercearia da Vallée não gerava nada além de um salário de operário. Meu pai precisou pegar um trabalho em uma obra na região do Baixo Sena. Ele trabalhava dentro da água usando botas enormes. Não era preciso saber nadar. Minha mãe ficava sozinha na loja durante o dia.

Meio-comerciante, meio-operário, vivendo ao mesmo tempo na borda de dois precipícios, e entregue, desse modo, à solidão e à desconfiança. Ele não fazia parte do sindicato. Tinha medo tanto do grupo direitista Croix-de-feu que desfilava em L... quanto dos "vermelhos" que poderiam tomar seu negócio. Era bastante reservado com suas ideias. *Ninguém precisa delas no comércio.*

Pouco a pouco foram construindo seu cantinho, sempre no limite da miséria. Por venderem fiado, acabavam ligados às inúmeras famílias de operários mais desfavorecidas. Contavam com a necessidade dos outros e eram compreensivos, raramente recusavam se alguém pedia para "pôr na conta". Sentiam-se, porém, no direito de *dar uma lição* nos negligentes ou de ameaçar uma criança enviada pela mãe no final de semana para fazer as compras sem dinheiro: "Diga à sua mãe que ela trate de me pagar, senão não venderei mais nada para vocês". Nessas horas, já não estavam do lado dos mais humilhados.

Com seu jaleco branco, ela era a própria dona do negócio. Ele guardava o macacão azul para servir os clientes. Ao contrário das outras mulheres, ela não dizia "meu marido vai brigar comigo se compro isso aqui, ou se vou acolá". Ela *batalhava* para que ele voltasse a frequentar a missa, a que deixara de ir na época do exército, e para que largasse os *maus hábitos* (isto é, os hábitos de camponês ou de operário). Ele deixava que ela cuidasse dos pedidos e das contas da loja. Era uma mulher que podia ir a todos os lugares, em outras palavras, podia cruzar as barreiras sociais. Ele a admirava, mas zombava dela quando ela dizia, empolada: "Estou com gases".

Ele foi trabalhar nas refinarias de petróleo Standard, no estuário do Sena. Pegou o turno da noite. De dia, não conseguia dormir, por causa dos clientes. Começou a ficar inchado, com aquele cheiro de petróleo que não saía, entranhando-se nele e o alimentando. Não comia nada. Ganhava bem e agora tinha um futuro pela frente. Foi prometido aos operários que construiriam um bairro residencial com tudo de mais bonito, banheiro dentro das casas e um jardim.

Na Vallée, a névoa do outono persistia durante o dia todo. Quando chovia forte, o rio inundava a casa. Para acabar com os ratos-de-água, ele comprou uma cachorrinha de pelo curto que, com uma única mordida nas costas do bicho, conseguia quebrar sua espinha dorsal.

"Tinha gente mais infeliz do que nós."

Mil novecentos e trinta e seis era a lembrança de um sonho, grande espanto com governantes que ele jamais tinha imaginado ocuparem o poder e a certeza resignada de que aquilo não poderia se manter.

O café-mercearia nunca fechava. Ele passou a trabalhar lá nas férias da refinaria também. A família sempre aparecia, comia à beça. Ele ficava feliz de proporcionar tamanha abundância ao cunhado caldeireiro ou ao que era funcionário da empresa de trens. Pelas costas, os parentes tratavam os dois como ricos, o maior dos insultos.

Ele não bebia. Buscava *ficar no seu lugar*. Parecia mais comerciante do que operário. Na refinaria passou a supervisor.

Escrevo bem devagar. Enquanto me esforço para reconstruir a trama de significados de uma vida, levando em conta acontecimentos e escolhas, tenho a sensação de que vou perdendo, na essência, a figura do meu pai. O plano traçado tende a ocupar todo o espaço, a ideia vai caminhando sozinha. Por outro lado, se me entrego às imagens da memória, vejo meu pai tal como ele era, o sorriso, o modo como caminhava, nós dois no parque de mãos dadas e o carrossel que me enchia de medo. Desse modo, todos os indícios de uma condição partilhada com os outros se tornam, para mim, indiferentes. A cada vez, me esforço para escapar da armadilha do ponto de vista individual.

Naturalmente, não sinto alegria escrevendo este livro, com empenho em me manter o mais perto possível das palavras e das frases ouvidas, que vez ou outra coloco em itálico. Não busco, com tal recurso, indicar um duplo sentido ao leitor, oferecendo-lhe o prazer da cumplicidade. Recuso essa atitude em todas as suas formas: nostalgia, comoção, ironia. Uso os itálicos porque essas frases expressam os limites e dão o colorido ao mundo em que meu pai viveu e em que eu também vivi. Onde nunca se usavam palavras novas para substituir outras.

A menina voltou da escola um dia com dor de garganta. A febre não baixava, era difteria. Como as outras crianças da Vallée, ela não era vacinada. Meu pai estava na refinaria quando ela morreu. Ao receber a notícia em casa, gritou tão alto que foi possível ouvi-lo do começo da rua. Passou semanas anestesiado, depois teve crises melancólicas, ficava sem falar, sentado na mesa com o olhar perdido no vazio. Se *machucava* o tempo todo. Minha mãe dizia, secando os olhos com um paninho que ficava no bolso da camisa, "morreu com sete anos, parecia uma santinha".

Uma foto tirada no pátio atrás do café, à beira do rio. De camisa branca com as mangas arregaçadas, uma calça sem dúvida de flanela, os ombros caídos, os braços levemente arredondados. Parece contrariado por ter sido pego de surpresa, antes que pudesse posar para a foto. Tem quarenta anos. Nada na imagem que possa transmitir a tristeza vivida, ou a esperança do que virá. Apenas sinais evidentes da passagem do tempo, uma barriguinha proeminente, os cabelos pretos falhando no alto da testa, e outros sinais, mais discretos, da condição social, os braços afastados do corpo, o banheiro e a lavanderia ao fundo, cenário que um olhar pequeno-burguês teria evitado para uma foto.

Em 1939, ele não foi chamado para a Guerra, era velho demais. As refinarias foram incendiadas pelos alemães e ele foi embora de bicicleta pela estrada, enquanto ela conseguiu uma carona de carro, estava grávida de seis meses. Em Pont-Audemer, resvalaram uns estilhaços de granada em seu rosto e ele fez um curativo na única farmácia que ainda funcionava. Os bombardeios continuavam. Encontrou-se com a sogra e as cunhadas com seus filhos e sacolas nos degraus da basílica de Lisieux, lotados de refugiados, bem como a praça em frente. Achavam que ali estariam protegidos. Quando os alemães chegaram, ele voltou para L... A mercearia tinha sido saqueada de cima a baixo por aqueles que não tinham podido fugir. Minha mãe também voltou, e eu nasci no mês seguinte. Na escola, quando não entendíamos alguma questão, nos chamavam de "filhos da guerra".

Até meados dos anos 1950, nas refeições em família e nas noites de Natal, reconstituiriam a epopeia dessa época com muitas vozes, sempre acompanhada por descrições do medo, da fome e do frio que acometeu o inverno de 1942. *Era preciso continuar vivendo, apesar de tudo*. Uma vez por semana meu pai ia buscar os produtos, com um carrinho preso à bicicleta, em um entreposto que ficava a trinta quilômetros de L..., já que os atacadistas não faziam mais entregas. Mesmo durante os bombardeios incessantes de

1944 nessa parte da Normandia, ele continuou indo ao abastecimento, implorando por suprimentos para os mais velhos, para as famílias muito grandes e para todos aqueles que não podiam comprar no mercado clandestino. Ele foi considerado, na região da Vallée, o herói do abastecimento. Não por escolha, mas por necessidade. Depois teve a certeza de que havia desempenhado um papel importante, de que tinha realmente vivido aqueles anos.

Aos domingos, fechavam a loja, iam dar um passeio no bosque e fazer um piquenique com seu flã sem ovos. Ele me carregava no ombro, ia cantando e assobiando. Quando soavam as sirenes, íamos para debaixo da mesa de bilhar do café junto com a cachorrinha. Depois, quando lembrávamos dessa época, tínhamos um sentimento de que "era o destino". Na Libertação, ele me ensinou a cantar a "Marselhesa" acrescentando depois do fim, "bando de retardados", para rimar com "arado". Como todo mundo ao nosso redor, ele estava muito feliz. Quando ouvia um avião passando, me levava para fora e me mostrava no céu "o pássaro": a Guerra tinha acabado.

Tomado pelo clima geral de otimismo de 1945, ele decidiu sair da região da Vallée. Eu vivia doente, o médico queria que eu fosse me tratar em um sanatório. Eles venderam a propriedade para voltar a Y..., cujo clima, com muito vento, e sem qualquer rio ou riacho por perto, parecia bom para a saúde. Chegamos a Y... em um caminhão de mudança, no meio da feira que era montada em outubro. A cidade tinha sido queimada pelos alemães, as barracas e o carrossel se erguiam entre os escombros. Durante três meses, eles moraram em uma casa emprestada por um parente que era um quarto e sala mobiliado e sem luz elétrica, com chão de terra batida. Não encontraram à venda nenhuma loja que correspondesse ao que podiam comprar. Ele conseguiu um trabalho na prefeitura cobrindo e nivelando os buracos causados pelas bombas nas ruas. À noite, encostada na haste de pendurar panos de prato que dá a volta nos fogões antigos, ela dizia: "Que situação". Ele nunca respondia. À tarde, ela me levava para passear pela cidade. Apenas o centro havia sido destruído, as lojas estavam instaladas nas casas das pessoas. Para dar uma ideia da privação, uma imagem: um dia, já escuro, em uma janelinha transformada em vitrine, a única que estava acesa naquela rua, vi brilhando docinhos cor-de-rosa, em formato oval, polvilhados de branco, em sacos de papel-celofane. Não tínhamos o direito de comprá-los, era preciso uma senha de racionamento.

Eles encontraram uma loja que era café, mercearia, loja de madeira e de carvão em um bairro afastado do centro, entre a estação de trem e o asilo de idosos. Quando criança, minha mãe ia fazer compras nesse lugar. Era uma casa rústica, modificada em um dos lados com um anexo construído em tijolo vermelho, com um grande pátio, um jardim com uma horta e meia dúzia de galpões que serviam de depósito. No térreo, a mercearia se comunicava com o café por meio de um cômodo pequenino de onde saía uma escada para os quartos e o sótão. Embora esse espaço tenha se tornado a cozinha, os clientes sempre o usavam como passagem entre a loja e o café. Subindo a escada, ao lado dos quartos, ficavam guardados os produtos que sofriam com a umidade, como café, açúcar. No térreo, não havia nenhum espaço privativo. Os banheiros ficavam no pátio, do lado de fora. Finalmente vivíamos em um *lugar saudável*.

A vida de operário do meu pai termina aqui.

Havia vários cafés próximos ao dele, mas nenhuma outra mercearia em um raio grande de distância. O centro ficou em ruínas por bastante tempo, as belas mercearias de antes da Guerra instalaram-se provisoriamente em barracões amarelos. Ali, ninguém podia *fazer mal* a eles. (Essa expressão, como muitas outras, é inseparável da minha infância, somente com grande esforço de reflexão consigo remover dela a ameaça que continha na época.) A população do bairro, formada não só de operários como em L..., tinha artesãos, empregados da fornecedora de gás ou de fábricas de médio porte e aposentados do tipo "economicamente vulneráveis". A distância social entre as pessoas era mais acentuada. Algumas casas maiores com a fachada de pedra ficavam isoladas por grades, que seguiam por toda a extensão de quarteirões de cinco ou seis casas térreas com pátio compartilhado. Em todo canto, pequenas hortas.

Um café com clientes assíduos, gente que bebe regularmente antes ou depois do trabalho e que considera o lugar seu santuário, grupos de pedreiros, alguns clientes que poderiam, com sua *condição*, ir a um lugar menos popular, um oficial da marinha aposentado, um fiscal da previdência social, em outras palavras, gente *que não seja arrogante*. A clientela de domingo era diferente, famílias inteiras tomando seus aperitivos por volta das onze da manhã, dando granadina para as crianças. À tarde, vinham os idosos do asilo, que ficavam livres até as seis da tarde, sempre felizes e ruidosos, entoando músicas românticas. De vez em quando era preciso curar a bebedeira deles levando-os para tirar uma soneca em um dos galpões no pátio, em cima de cobertores, antes de poder mandá-los de modo apresentável de volta às freiras. O café aos domingos representava, para eles, uma espécie de família. Meu pai tinha consciência de exercer uma função social necessária, de oferecer um lugar de festa e liberdade a todos os que, segundo ele, "nem sempre tinham sido assim", mesmo que não pudesse explicar claramente por que eles haviam ficado daquele jeito. Os que nunca tinham posto os pés no café consideravam-no um "antro", é claro. No fim do expediente da fábrica de roupas íntimas, que ficava perto do café, as moças vinham para comemorar aniversários, casamentos, despedidas. Pegavam na mercearia pacotes de biscoito champagne que depois mergulhavam nos espumantes e explodiam em gargalhadas, se contorcendo de tanto rir pelas mesas do café.

Ao escrever, caminha-se no limite entre reconstruir um modo de vida em geral tratado como inferior e denunciar a condição alienante que o acompanha. Afinal, essa maneira de viver constituía, para nós, a própria felicidade, mas era também a barreira humilhante de nossa condição (consciência de que "em casa as coisas não estão lá tão bem assim"). Eu gostaria de falar ao mesmo tempo dessa felicidade e de sua condição alienante. Sensação de que fico oscilando de um lado para o outro dessa contradição.

Perto dos cinquenta anos, ainda com todo vigor, a cabeça erguida, o ar preocupado, como se temesse que a foto ficasse ruim, está vestindo um conjunto, calça escura, jaqueta clara por cima de uma camisa e gravata. Foto tirada em um domingo, pois durante a semana ele usava o macacão azul-escuro. Seja como for, as fotos eram sempre tiradas aos domingos, tínhamos mais tempo e todos se vestiam melhor. Estou ao lado dele, com um vestido de babado, os dois braços esticados no guidom da minha primeira bicicleta, um pé no chão. Uma das mãos dele está solta e a outra na cintura. Ao fundo, a porta do café aberta, as flores no parapeito da janela e, debaixo dela, a placa de licença para vender bebida alcoólica. Gostávamos de tirar fotos com os pertences que nos enchiam de orgulho: o café, a bicicleta, mais tarde o Renault 4CV, no qual ele apoia a mão, levantando um pouco, com esse gesto, o casaco. Em nenhuma foto ele aparece sorrindo.

Em contraste com os anos de juventude, com os três turnos de oito horas das refinarias, com os ratos que entravam no café da Vallée: aqui a felicidade era evidente.

Tínhamos tudo *o que é preciso ter*, em outras palavras, comíamos até ficar satisfeitos (a prova disso era poder comprar carne no açougue quatro vezes por semana), tínhamos calefação na cozinha e no café, únicos espaços que ocupávamos. Duas roupas, uma para todos os dias, outra para os domingos (quando a primeira ficava gasta, a de domingo *passava a ser* a de todos os dias). Eu tinha *dois* jalecos para a escola. *Essa garota não passa aperto.* No pensionato, não podiam dizer que eu tinha *menos que as outras*, eu tinha *o mesmo* que as filhas de agricultores e farmacêuticos na quantidade de bonecas, borrachas e apontadores, sapatos de inverno forrados, o terço e o missal vesperal romano.

Eles conseguiram realizar algumas melhorias na casa, suprimindo elementos que traziam recordações dos tempos antigos, como as vigas aparentes, a chaminé, as mesas de madeira e as cadeiras de palha. Com o papel de parede florido, o balcão pintado e brilhante, as mesas e mesinhas imitando mármore, o café passou a ser um ambiente limpo e alegre. Um revestimento quadriculado de amarelo e marrom no piso dos quartos cobria as tábuas de madeira. A única chateação que durou um bom tempo era a fachada feita de vigas de madeira formando linhas pretas e brancas. A manutenção em estuque ficava além da possibilidade deles. Passando por lá, uma professora minha disse certa vez que a casa era bonita, "uma verdadeira casa normanda". Meu pai achou que ela só estava querendo ser educada. Aqueles que admiravam as nossas coisas velhas, a bomba d'água no pátio, as casas normandas com viga de madeira aparente, certamente queriam nos impedir de ter o que eles já tinham, eles que eram tão modernos, com água na torneira e uma casa branca.

Ele tinha feito um empréstimo para poder comprar o terreno e a casa. Ninguém na família antes dele tinha sido dono de nada.

Por trás da aparente felicidade, a tensão por ter alcançado o conforto na marra. *Eu só tenho duas mãos. Nem cinco minutos para ir ao banheiro. Dou um jeito na gripe caminhando.* Etc. A ladainha de sempre.

Como descrever a visão de um mundo em que tudo *custa caro*. O cheiro da roupa recém-lavada em uma manhã de outubro, a última canção tocada no rádio repetindo na cabeça. De repente, meu vestido prendeu pelo bolso no guidom da bicicleta e rasgou. Um drama, uma gritaria, o dia acabou. "Essa garota não conhece *o valor* das coisas!"

Obrigação de sacralizar as coisas. E, na entrelinha de qualquer comentário feito por alguém, ou até por mim, eles enxergavam inveja e comparação. Se eu dizia, "uma menina foi aos castelos do Loire", logo respondiam chateados, "um dia você vai até lá. Fique feliz com o que você tem". Um sentimento de falta constante, sem fim.

Porém, era o desejo só pelo desejo, pois no fundo não sabiam o que era belo, o que deveria ser apreciado. Meu pai sempre aceitava as sugestões do pintor, do marceneiro, para cores e formas, é assim que as pessoas fazem. Desconhecia até a ideia de que as pessoas escolhem objetos para ter em casa. No quarto deles, nenhuma decoração, apenas fotos enquadradas, paninhos feitos para o dia das mães e, em cima da lareira, um grande busto de criança em cerâmica, que o vendedor de móveis tinha dado de brinde pela compra de um sofá de canto.

Leitmotiv, *não se deve dar um passo maior que a perna.*

O medo de estar *deslocado*, de passar vergonha. Um dia, meu pai entrou por engano em uma cabine de primeira classe com um bilhete de segunda. O controlador de bilhetes o obrigou a pagar a diferença. Outra lembrança de uma situação embaraçosa: no cartório, antes de assinar, ele devia escrever "aprovado", mas não entendeu o que era, então escreveu "a provar". Ficou constrangido, na volta para casa falou obsessivamente sobre o engano. A marca da indignidade.

Nos filmes cômicos dessa época, era comum haver protagonistas ingênuos, gente do campo que fazia tudo errado na cidade ou em ambientes sociais mais sofisticados (como os personagens encenados por Bourvil). Todo mundo chorava de tanto rir das besteiras que eles diziam e dos disparates que faziam, que no fundo representavam as gafes que nós temíamos cometer. Uma vez, li que a personagem Bécassine, de uma história em quadrinhos, quando era aprendiz, tinha de bordar um pássaro em um babador, e nos outros *idem*, então ela bordou, em ponto *bourdon*, a palavra *idem* em todos os babadores. Não tenho certeza de que eu não bordaria *idem* também.

Quando estava na frente de pessoas que ele considerava importantes, ficava acanhado e tímido, nunca perguntava nada. Em suma, comportava-se com inteligência, que consistia em perceber nossa inferioridade e combatê-la, encontrando meios de escondê-la o melhor que podia. Ficou uma tarde inteira nos perguntando o que a diretora quisera dizer com: "Para representar este papel, sua filha terá de usar um traje esporte fino". Vergonha por ignorar aquilo que necessariamente nós saberíamos se não fôssemos quem nós éramos, ou seja, inferiores.

Uma ideia fixa: "*O que vão pensar da gente?*" (os vizinhos, os clientes, todo mundo).

A regra básica era sempre dar um jeito de escapar à crítica dos outros, sendo muito educado, não emitindo opiniões, ou vigiando o tempo todo o próprio temperamento, para não deixar escapar nada que pudesse ser julgado pelos outros. Nunca olhar para um jardim se o dono dele estiver lá trabalhando e remexendo na terra, a não ser que seja convidado a fazê-lo, por um sinal, um sorriso ou alguma palavra. Nunca visitar ninguém sem ser convidado, mesmo se a pessoa estiver doente no hospital. Nunca fazer nenhuma pergunta que demonstre curiosidade, ou expressar um desejo que dê espaço ao interlocutor para saber mais sobre nós. Frase proibida: "Quanto custou?".

Agora estou usando várias vezes o "nós", pois durante muito tempo eu também pensei como ele e não sei dizer quando foi que me transformei.

O patoá foi a única língua dos meus avós.

Há quem aprecie o aspecto "pitoresco" do patoá e do francês popular. Assim, Proust chamava a atenção, extasiado, para as incorreções na fala de Françoise e para o uso que ela fazia de palavras antigas da língua. Preocupava-se apenas com questões estéticas, afinal, Françoise é sua empregada e não sua mãe. E ele próprio nunca flagrou tais expressões chegando aos próprios lábios de forma natural.

Para meu pai, o patoá era uma coisa antiquada e feia, um traço de inferioridade. Ele se orgulhava por ter, em parte, conseguido se livrar dele. Ainda que seu francês não fosse bom, pelo menos era francês. Nas quermesses de Y..., aqueles que falavam bem e estavam acostumados com a língua normanda faziam imitações engraçadas do patoá para um público que morria de rir. O jornal local tinha uma crônica escrita em normando para divertir os leitores. Quando um médico ou alguém que ocupasse uma *alta posição social* deixava escapar em uma conversa alguma expressão falada no dialeto *cauchois*, como "ela está com tudo nos trinques" em vez de dizer "está muito bem de saúde", meu pai contava satisfeito a frase do médico para a minha mãe, feliz por achar que aquelas pessoas, embora muito chiques, ainda conservavam alguma coisa em comum conosco, uma nesguinha de inferioridade. Ele tinha certeza de que o médico havia deixado a expressão escapar sem querer. Pois, para ele, sempre pareceu impossível alguém falar bem de forma natural. Fosse doutor ou padre, era preciso se forçar, escutar a própria fala, sob o risco de ficar à vontade demais.

Era tagarela no café e com a família, mas, na frente das pessoas que falavam de forma correta, ele se calava, ou parava no meio de uma frase, dizendo apenas "não é mesmo?" ou simplesmente "não é?", com um gesto convidando a pessoa a compreender e ele seguir em seu lugar. Sempre falar com precaução, medo inominável de dizer uma palavra errada, que teria um efeito tão desagradável quanto deixar escapar um peido.

Mas ele detestava também as frases de efeito e as novas expressões que não "queriam dizer nada". Todo mundo a certa altura passou a dizer "certamente não" a torto e a direito, ele não entendia que usassem duas palavras contraditórias. Ao contrário da minha mãe, que estava preocupada em mudar e ousava experimentar, quase sem hesitação, o que ela tinha ouvido ou lido, ele se recusava a usar um vocabulário que não fosse seu.

Quando era criança e me esforçava para usar uma linguagem correta, eu tinha a sensação de estar tateando no escuro.

Um de meus medos imaginários era ter um pai que fosse professor e me obrigasse a falar o tempo todo corretamente, pronunciando cada palavra por vez. Era preciso falar mexendo a boca toda.

Como minha professora me "repreendia", mais tarde eu quis repreender meu pai e disse a ele que as expressões "se aterrar no chão" ou "um quarto de hora menos onze" *não existiam*. Ele ficou louco de raiva. E outra vez lhe disse: "Como você quer que não me corrijam, se você fala errado o tempo todo!". Falei isso chorando. Ele se sentia um infeliz. Tudo o que diz respeito à linguagem é, na lembrança que tenho dele, motivo de rancor e de brigas doloridas, muito mais do que o dinheiro.

Ele era uma pessoa alegre.

Fazia brincadeiras com os clientes que adoravam dar uma boa gargalhada. Dizia coisas obscenas com meias-palavras. Escatologias. Já a ironia não era seu forte. No rádio, gostava de ouvir os programas de humor com comediantes, os *chansonniers*, programas de perguntas e respostas. Sempre disposto a me levar ao circo, aos filmes *bobos* e para ver os fogos de artifício. No parque de diversões, entrávamos no trem-fantasma e no himalaia, e íamos ver a mulher mais gorda do mundo e os liliputianos.

Ele nunca pisou em um museu. Parava diante de um belo jardim, as árvores floridas, uma colmeia, olhava para os traseiros das moças. Admirava as construções enormes, as grandes obras modernas (como a ponte de Tancarville). Adorava a música circense, os passeios de carro pelo campo, percorria a estrada com os olhos no verde, nas faias, ouvindo a orquestra de Bouglione. Parecia feliz. A emoção experimentada ao ouvir uma música diante das paisagens não era um tema de conversa. Quando comecei a me aproximar da pequena burguesia de Y..., me perguntaram primeiro pelos meus gostos musicais, jazz ou música clássica, e no cinema, Tati ou René Clair, e foi o suficiente para eu entender que estava entrando em um novo mundo.

Um verão, ele me levou por três dias para a praia com a família. Saía para passear de chinelo com os pés descobertos, parava na entrada de cada bunker da Guerra para olhar, nos cafés pedia uma caneca de cerveja, que tomava em uma mesa sobre a calçada enquanto eu pedia um refrigerante. Matou, a pedido da minha tia, uma galinha segurando-a entre as pernas e enfiando uma tesoura pelo bico, o sangue gorduroso respingou no chão do celeiro. Ficavam todos à mesa até o meio da tarde, lembrando os anos da Guerra, falando de seus pais, passando as fotos ao redor dos copos vazios. "*Temos muito tempo pela frente, avante!*"

Talvez uma propensão real a não se preocupar demais com as coisas, apesar de tudo. Ele inventava tarefas que o afastavam do comércio. Uma criação de galinhas e de coelhos, a construção de anexos para a casa, de uma garagem. Transformava o pátio ao sabor de seus desejos, o banheiro e o galinheiro mudaram de lugar três vezes. Sempre uma vontade de demolir e reconstruir.

Nas palavras da minha mãe: "Também, o que você queria? É um homem do campo".

Ele reconhecia os pássaros pelo canto e olhava para o céu à tardinha para saber como estaria o tempo no dia seguinte, frio e seco se o céu estivesse avermelhado, com chuva e vento quando a lua "parecia imersa na água", isto é, estava escondida entre as nuvens. Todas as tardes, ele ia à horta, que estava sempre limpa. Uma horta suja, com legumes malcuidados, era sinal de desleixo, como negligenciar a si próprio ou beber demais. Era como perder o tempo das coisas, o momento em que se deve semear determinada espécie, a preocupação com o que os outros vão pensar. Às vezes, bêbados notórios se redimiam cultivando uma bela horta entre dois porres. Quando meu pai não conseguia fazer brotar o alho-poró ou outro legume, ficava desesperado. Ao anoitecer, esvaziava o urinol no pátio, no último buraco aberto com a enxada, e ficava furioso se descobrisse, ao entornar a urina, meias velhas ou canetas esferográficas deixadas ali só porque eu estava com preguiça de descer para jogá-las no lixo.

Para comer, usava seu canivete Opinel. Cortava em cubinhos o pão, disposto perto do prato cheio de pedaços de queijo e embutidos, que ele comeria com o pão. Ficava mortificado se me visse deixando comida. A louça dele poderia ser guardada sem nem lavar. Depois de comer, limpava a faca no macacão azul. Se tivesse comido arenque, enfiava a faca na terra para tirar o cheiro. Até o fim dos anos 1950, tomava sopa de café da manhã, depois passou, contrariado, ao café com leite, como se estivesse se sacrificando a um capricho feminino. Bebia por colheradas, aspirando, como se fosse sopa. Às cinco horas, fazia um lanche, ovos, rabanete, maçã cozida, e à noite se contentava em tomar um caldo. Detestava maionese, doces e molhos incrementados.

Dormia sempre com uma segunda pele de malha e um camisolão. Para se barbear, três vezes por semana, colocou um espelho em cima da pia da cozinha. Desabotoava o colarinho e eu via sua pele muito branca a partir do pescoço. Os banheiros, sinais de riqueza, começaram a se difundir depois da Guerra, minha mãe instalou um no andar de cima, que ele nunca usou, continuou se barbeando na cozinha.

No inverno, sentia prazer em cuspir e assoar o nariz no pátio.

Eu poderia ter feito este retrato dele há muito tempo, em uma redação na escola, por exemplo, se a descrição dos elementos que eu conhecia não fosse proibida. Um dia, no quarto ano primário, uma menina fez voar seu caderno com um esplêndido "atchim!". A professora que estava no quadro se virou: "Quanta elegância, francamente!".

Ninguém em Y... queria parecer ter "vindo do campo" — nem as pessoas da classe média, nem os comerciantes do centro ou os empregados nos escritórios. Ser alguém do campo significa ser alguém que não evoluiu, que está sempre atrasado nas coisas que faz, no que veste, na linguagem, na aparência. Uma piada que divertia muito: um camponês vai visitar o filho na cidade, senta em frente à máquina de lavar que está girando e fica lá, absorto, olhando fixamente a roupa que roda detrás da janelinha. No fim, ele se levanta, balança a cabeça e diz à nora: "Podem falar o que quiserem, mas ainda falta muito para a televisão chegar lá".

Em Y..., contudo, não reparávamos tanto na maneira de ser dos grandes agricultores que chegavam ao mercado em seus carrões, Simca Vedette, depois Citroën DS e agora Citroën CX.

O pior era ter os gestos e a aparência de alguém do campo sem, de fato, ser um.

Ele e minha mãe tinham o costume de conversar entre si sempre em tom de reprovação, mesmo quando estavam, na verdade, só preocupados um com o outro. "Leva o cachecol para usar lá fora!" ou "Senta e descansa um pouco!", como se estivessem brigando. Discutiam até não poder mais para saber quem tinha perdido a nota do fabricante de refrigerante, ou quem tinha esquecido acesa a luz da adega. Ela gritava mais alto que ele, pois qualquer coisa a deixava com a cabeça quente, a entrega que atrasou, o cabeleireiro com o secador quente demais, as regras e os clientes. Às vezes dizia: "Você não nasceu para os negócios" (querendo dizer: devia ter continuado operário). Ele respondia ao insulto, perdendo a calma habitual: "PESTE! Devia ter deixado você onde estava". Toda semana trocavam xingamentos: Seu tosco! — Sua idiota!

Canalha! — Velha!

Etc. Mas nada disso tinha a menor importância.

Em casa, só sabíamos falar entre nós resmungando. O tom educado estava reservado aos de fora. Hábito tão entranhado que certa vez meu pai se esforçava para falar de modo adequado com outros quando de repente se dirigiu a mim, dizendo para não subir em um monte de pedras, usando um tom brusco, com seu sotaque e reprimendas normandas, fazendo ir por água abaixo a boa impressão que tentava causar. Ele não tinha aprendido a me repreender de forma educada e eu não levaria uma ameaça a sério se fosse feita com delicadeza.

Durante muito tempo a relação amorosa entre pais e filhos me pareceu um mistério. Também levei anos para "entender" a extrema gentileza que as pessoas bem-educadas manifestam com um simples bom-dia. Sentia vergonha, como se eu não merecesse tamanha consideração, e chegava a fantasiar que havia algum interesse particular em mim. Depois de um tempo percebi que os sorrisos, as perguntas feitas com um ar gentil não eram tão diferentes de mastigar de boca fechada ou assoar o nariz discretamente.

Interpretar esses detalhes é um gesto que agora se impõe a mim com uma urgência maior do que aquela que me levou a um dia reprimi-los, tão segura estava eu, na época, de sua insignificância. Apenas uma memória humilhada podia ter feito com que eu os conservasse. Me submeti às vontades do mundo em que vivo, que se esforça para que todos se esqueçam das lembranças de uma vida com hábitos mais simples, como se fossem uma coisa de mau gosto.

Quando eu fazia meus deveres de casa à noite, na mesa da cozinha, ele vinha folhear meus livros, sobretudo os de história, geografia, ciências. Ele adorava que eu lhe fizesse perguntas. Um dia, pediu que eu fizesse um ditado só para me provar que ele tinha uma boa ortografia. Nunca sabia em qual série eu estava, e dizia: "Ela está na turma da senhorita fulana". A escola, uma instituição religiosa escolhida pela minha mãe, era para ele um universo horrível que, como a ilha de Laputa de *As viagens de Gulliver*, flutuava acima da minha cabeça para comandar meus modos e todos os meus gestos: "Muito bonito isso! Se a professora visse!" ou então "Vou conversar com sua professora, ela fará com que você obedeça!".

Ele sempre dizia a *sua* escola e pronunciava o pen-sio-na-to, a senhora Ir-mã (se referindo à diretora), deixando escapar, sem convicção, uma deferência afetada, como se a pronúncia normal dessas palavras supusesse uma familiaridade com o lugar inacessível que elas evocavam e que meu pai não se sentia no direito de reivindicar. Ele se recusava a ir aos encontros da escola, mesmo quando eu participava de alguma peça de teatro. Minha mãe se indignava, "*não há razão para você não ir*". E ele, "mas você está cansada de saber que eu nunca vou a nada *dessas coisas*".

Era comum ele dizer, muito sério, quase trágico: "Preste bem atenção nas aulas!". Tinha medo de que a estranha dádiva do destino, ou seja, minhas boas notas, de repente desaparecesse. Cada redação bem-sucedida e, uns anos depois, as provas que eu fazia, enfim, eram tantas *conquistas*, a esperança de que um dia eu *seria melhor do que ele*.

Em qual momento esse sonho substituiu o próprio sonho dele, confessado certa vez, de ter um belo café no coração da cidade, com um terraço e clientes de passagem, uma máquina de café em cima do balcão. Falta de dinheiro para investir, medo de se lançar outra vez, resignação. *Você queria o quê?*

Ele nunca vai sair do mundo dividido em dois de um pequeno comerciante. De um lado, os bons, aqueles que vêm comprar em sua loja; do outro, os maus, em maior quantidade, que vão a outros lugares, nas lojas reconstruídas do centro. O governo ficava do lado destes últimos e parecia querer acabar conosco para favorecer os *grandes*. Mesmo entre os bons clientes, havia uma linha divisória, os bons que compravam tudo na nossa loja, e os maus, que eram injustos conosco comprando apenas o litro de óleo que haviam esquecido de trazer da cidade. E mesmo entre os bons, era preciso desconfiar, estavam sempre prontos a cometer pequenas infidelidades, convencidos de que nós estávamos roubando. O mundo inteiro interconectado. Ódio e subserviência, ódio da própria subserviência. Bem no fundo, ele tinha a esperança de todo comerciante, ser o único na cidade a vender determinado produto. Íamos comprar pão a um quilômetro de casa, pois o padeiro ao lado não comprava nada em nossa loja.

Meu pai tinha votado em Poujade* sem convicção, achando que era uma farsa, para ele era "muito blá-blá-blá".

Ele não era, porém, um *infeliz*. O salão do café tinha a temperatura sempre agradável, o rádio tocando ao fundo, o vaivém de clientes das sete da manhã até as nove da noite, com os habituais cumprimentos, e as respostas. "Bom dia a todos — Bom dia e só." Inúmeras conversas, a chuva, as doenças, as mortes, os contratos de trabalho, a época da seca. Simples constatação, variações sobre as coisas óbvias, sem deixar de lado, por pura diversão, as brincadeiras conhecidas, *tudo cola, até sacola, me dá uma mãozinha, cara de galinha*. Esvaziar os cinzeiros, passar um pano na mesa, nas cadeiras.

Entre um cliente e outro, ele assumia o lugar da minha mãe na mercearia por obrigação, preferindo a vida do café, ou talvez sem preferência a não ser cuidar da horta ou trabalhar nos reparos da casa, construindo as coisas ao seu modo. O perfume da alfazema em flor no fim da primavera, os sonoros latidos dos cachorros em novembro, os trens que se ouviam estalar ao

* Pierre-Marie Poujade (1920-2003) foi um político populista que liderou protestos de direita na França durante os anos 1950 com a bandeira de proteger os interesses do pequeno empresário ("homem comum", como dizia) contra a elite francesa. Seu discurso anti-intelectual, xenófobo e colonialista deu origem ao movimento conhecido como Poujadisme, cujo partido político, UDCA, elegeu 52 membros na Assembleia Nacional em 1956, sendo o mais jovem dentre os parlamentares eleitos Jean-Marie Le Pen. (N. E.)

longe — indícios certos do frio que chegava — sim, sem sombra de dúvida, todas essas coisas serviam para dizer aos que dirigem, mandam e escrevem nos jornais, "*apesar de tudo* essa gente é feliz".

Domingo era dia de tomar um bom banho, ir à missa, jogar dominó ou passear de carro à tarde. Segunda, tirar o lixo, na quarta chegavam os destilados, quinta, os produtos alimentícios etc. No verão, fechavam o café por dois dias inteiros, um para ir visitar um amigo que era funcionário da companhia de trens, e outro para fazer uma peregrinação a Lisieux. De manhã, iam ao convento das Carmelitas, ao diorama, à basílica, ao restaurante. À tarde, passavam por Buissonnets e Trouville-Deauville. E molhavam os pés no mar, meu pai levantava a calça, minha mãe subia um pouco a saia. Deixaram de fazer esse passeio porque saiu de moda.

Aos domingos religiosamente comer alguma coisa gostosa.

Para ele, a mesma vida de sempre daí em diante. Mas tinha certeza de que *não dava para ser mais feliz*.

Naquele domingo, ele fez a sesta depois do almoço. Passou na frente de uma fresta no sótão. Está com um livro na mão, que ele leva para guardar na caixa que um oficial da marinha deixou guardada em casa. Dá um sorriso ao me ver chegando no pátio. É um livro pornográfico.

Uma foto minha, em que estou sozinha do lado de fora, à minha direita os anexos da casa, os antigos colados aos mais novos. Com certeza, ainda não sei muita coisa de estética, mas já sei como me portar para valorizar o que tenho: estou virada de lado para esconder a saia justa que aumenta o meu quadril, o peito projetado para a frente, uma mecha de cabelo caída na testa. Sorrio para dar um clima afetivo. Tenho dezesseis anos. Embaixo, a sombra do busto do meu pai, que tirou a foto.

Eu estudava para as aulas, ouvia música, lia, sempre no meu quarto. Só descia para as refeições. Todos comiam sem dizer nada. Em casa eu nunca ria. Tinha o hábito de ser "irônica". Nessa época, todas as coisas que mexiam comigo de verdade vinham de um lugar desconhecido. Pouco a pouco, entro em um mundo pequeno-burguês e passo a frequentar as festinhas cuja única condição exigida era não parecer *ridícula* — o que, para mim, era muito difícil. Tudo de que eu gostava me parecia *rústico*, Luis Mariano, os romances de Marie-Anne Desmarets, Daniel Gray, o batom e a boneca que eu ganhara no parque de diversões, que soltava lantejoulas de seu vestido na minha cama. Até as opiniões do meu meio me pareciam ridículas, os *preconceitos*, como "a polícia é necessária" ou "um homem só vira homem quando entra no exército". Meu universo, naquele momento, virou do avesso.

Eu lia a "verdadeira" literatura e copiava frases e versos que, acreditava, exprimiam minha "alma", o indizível da minha vida, como "a felicidade é um deus que caminha de mãos vazias"... (Henri de Régnier).

Meu pai entrou na categoria das *pessoas simples* ou *modestas* ou *boas*. Ele já não ousava me contar histórias de sua infância. Eu já não conversava sobre meus estudos, com exceção do latim, pois ele, quando menino, participava das missas. Fora isso, o resto lhe era incompreensível e ele sequer fingia se interessar, ao contrário da minha mãe. Ele se irritava quando eu me queixava do dever de casa ou criticava os cursos. Não gostava do linguajar coloquial, "a profe" ou "o cordenas" ou mesmo "livreco". E sempre o medo ou TALVEZ O DESEJO de que eu não conseguisse.

Ele se irritava ao me ver o dia inteiro entre os livros e gostava de justificar com isso minha visão reduzida das coisas e o meu mau humor. A luz debaixo da porta do meu quarto à noite levava-o a dizer que eu estava abusando da minha saúde. Os estudos eram um sofrimento necessário para eu ter uma boa condição e *não acabar com um operário*. Ele via, porém, com desconfiança o fato de eu gostar de pensar e refletir. Como se me faltasse um impulso vital bem na flor da idade. Às vezes ele achava que eu era infeliz.

Na frente da família e dos clientes, ficava chateado, quase envergonhado, por eu ainda não ganhar a vida aos dezessete anos, todas as meninas da mesma idade, ao nosso redor, iam aos escritórios, à fábrica, ou estavam detrás do balcão ajudando os pais. Ele tinha medo de me acharem preguiçosa ou de o julgarem muito pretensioso. Tentava se desculpar: "Nunca forçamos nada, ela sempre foi assim". Dizia que eu "aprendia" bem, nunca que eu "trabalhava" bem. Trabalhar só podia ser usado para se referir ao trabalho braçal.

Os estudos não tinham uma relação com a vida cotidiana para o meu pai. Ele costumava lavar a salada colocando as folhas na água apenas uma vez e geralmente restavam algumas lesminhas. Ele ficou escandalizado quando, levada pelos princípios de desinfecção que aprendemos no nono ano, propus trocarmos a água várias vezes. Outra vez, ficou perplexo ao me ver falando inglês com alguém que tinha pego uma carona com um conhecido nosso e veio ao café. Não podia acreditar que eu tinha aprendido uma língua estrangeira na sala de aula, sem ter ido a outro país.

Nessa época, ele começou a ter acessos de raiva, que eram raros, mas acompanhados por uma expressão de ódio. Eu tinha uma cumplicidade com a minha mãe e vários assuntos em comum, como a cólica a cada mês, os sutiãs, os produtos de beleza. Ela me levava para fazer compras em Rouen, na Rue du Gros-Horloge, e para comer tortas com um garfinho na Périer. Ela tentava usar o meu vocabulário, "é um paquera", "é um craque" etc. Nós não precisávamos dele.

Nossas brigas na mesa começavam sem motivo. Eu sempre achava que tinha razão porque ele não sabia *discutir*. Eu fazia comentários sobre a maneira como ele comia ou falava. Eu teria vergonha de acusá-lo por nunca ter podido me mandar a uma viagem de férias, mas achava que era legítimo querer que ele mudasse seus hábitos à mesa. Talvez ele preferisse ter outra filha.

Um dia me disse: "Os livros e a música são bons para você. Eu não preciso de nada disso para *viver*".

Durante o resto do tempo, ele vivia tranquilamente. Quando eu chegava da aula, ele costumava estar sentado na cozinha, perto da porta que dava para o café, lendo o jornal *Paris-Normandie*, encurvado, com os braços estendidos nas laterais do jornal que ficava sobre a mesa. Ele levantava a cabeça:

— Ora, chegou minha filha.

— Estou com fome!

— Há males que vêm para o bem. Pegue o que você quiser.

Ao menos, ficava feliz de poder me alimentar. Conversávamos sobre os mesmos assuntos de antigamente, de quando eu era pequena, nada além disso.

Eu achava que ele não podia fazer mais nada por mim. As palavras e as ideias dele não tinham espaço nas aulas de francês ou de filosofia, nas tardes passadas no sofá de veludo vermelho na casa das minhas colegas. No verão, pela janela aberta do meu quarto, ouvia o barulho da enxada dele mexendo na terra para aplanar o terreno.

Talvez eu escreva porque já não tínhamos mais nada para dizer um ao outro.

No lugar das ruínas de quando chegamos, havia agora no centro de Y... prédios baixos cor de creme, com lojas modernas que ficavam iluminadas durante a noite. Aos sábados e domingos, os jovens das redondezas saíam às ruas ou iam aos cafés ver televisão. As mulheres do bairro faziam suas compras aos domingos nos grandes mercados do centro. Agora que o café do meu pai tinha, enfim, a fachada toda pintada de branco e o letreiro em neon, os proprietários dos cafés com certo faro comercial estavam voltando para as fachadas normandas, com vigas falsas e lâmpadas antigas. Noites dedicadas a fazer as contas. "Mesmo que déssemos os produtos de graça, eles não viriam até nós." Cada vez que abria uma loja nova em Y... ele ia de bicicleta dar uma olhada.

Eles conseguiam se sustentar. O bairro se proletarizou. No lugar dos trabalhadores assalariados que se mudaram para morar em apartamentos novos com banheiro, vinham pessoas com o orçamento mais apertado, recém-casados, famílias com muitos filhos à espera de uma moradia em um conjunto habitacional. "Vocês podem pagar amanhã, já nos vimos pelo bairro, não?" Os clientes mais velhos tinham morrido, os mais novos não podiam voltar para casa bêbados, mas, então, veio uma clientela de bebedores ocasionais, gente menos alegre, que consumia mais depressa e pagava em dia. Impressão de que, agora, o volume de venda das bebidas era razoável.

Eles vieram me buscar quando terminou uma colônia de férias na qual eu havia trabalhado como monitora. Minha mãe gritou de longe "iu-iu" e eu os avistei. Meu pai andando encurvado, a cabeça abaixada por causa do sol. As orelhas se destacavam, avermelhadas, sem dúvida por ele ter acabado de cortar o cabelo. Na calçada, diante da catedral, os dois falavam alto, discutindo o melhor caminho para casa. Para quem via de fora, estava claro que não tinham o hábito de sair. No carro, reparei nas manchas amarelas que ele tinha perto dos olhos, nas têmporas. Pela primeira vez eu tinha passado um tempo longe, morando, durante dois meses, em um mundo jovem e livre. Meu pai era velho, enrugado. Eu não me sentia mais no direito de entrar na universidade.

Alguma coisa vaga, um incômodo depois das refeições. Ele tomava leite de magnésia, com medo de chamar um médico. Por fim, um especialista de Rouen descobriu, na radiografia, um pólipo no estômago, que era preciso extrair logo. Minha mãe lhe censurava o tempo todo, como se não fosse nada e ele estivesse fazendo uma tempestade em copo d'água. Além disso, ele se sentia culpado por custar caro. (Os comerciantes ainda não se beneficiavam da previdência social.) Ele dizia, "é uma fatalidade".

Depois da cirurgia, ficou o mínimo de tempo possível na clínica e se recuperou lentamente em casa. Estava cansado e sem força. Para não comprometer a recuperação, ele não podia mais carregar estantes nem trabalhar na horta por horas a fio. A partir daí, minha mãe dava um show todos os dias correndo de um lado para o outro, da adega para a loja, carregando as caixas de entregas, sacos de batatas, trabalhando dobrado. Aos cinquenta e nove anos, ele não se sentia digno. "Não sirvo para mais nada", dizia para a minha mãe. Talvez em vários sentidos.

Mas tinha vontade de dar a volta por cima, acostumar-se à nova vida. Começou a buscar conforto, ouvir a si mesmo. A comida passou a ser uma coisa sempre extraordinária, benéfica ou maléfica conforme caía bem ou *voltava para censurá-lo*. Ele cheirava o bife ou a pescada antes de colocar na frigideira. Sentia nojo só de ver meu iogurte. No café, quando nos reuníamos para os almoços de família, gostava de descrever seus cardápios, conversava com as outras pessoas sobre as sopas caseiras e as industrializadas etc. Perto dos sessenta, esse era o assunto que gostava de ter com todo mundo.

Ele passou a satisfazer suas vontades. Um salsichão, uma porção de camarão. Surgia uma promessa de felicidade, eliminada com frequência nas primeiras mordidas. Ao mesmo tempo, sempre fingia não querer nada, "vou comer só *meia* fatia de presunto", "me sirva *meio* copo", num moto-contínuo. E as manias, desenrolava o papel de seu Gauloises, que tinha um gosto ruim, e tornava a enrolar o cigarro com cuidado em um papel Zig-Zag.

Aos domingos, davam uma volta de carro para não ficar *embrutecido*s, seguiam pelo curso do Sena, onde outrora ele havia trabalhado, andavam no quebra-mar em Dieppe ou Fécamp. As mãos estendidas ao longo do corpo, fechadas, giradas para fora, às vezes juntas nas costas. Ao passear, nunca sabia o que fazer com as mãos. À noite, esperava o jantar, exausto, bocejando: "Ficamos mais cansados aos domingos do que nos dias de semana".

Tinha também a política, sobretudo a dúvida que pairava, *como é que vai acabar isso tudo* (a guerra da Argélia, o golpe dos generais, os atentados terroristas da organização OAS*), a familiaridade cúmplice com Charles de Gaulle, o *grande Charles*.

Entrei na faculdade de educação na universidade em Rouen para me tornar professora. Lá, eu tinha comida farta, roupa lavada e um "faz-tudo" que consertava até mesmo meus sapatos. E tudo isso sem pagar nada. Meu pai via com respeito esse sistema que se responsabilizava completamente pelos estudantes. O Estado me oferecia, de saída, meu lugar no mundo. Quando decidi largar a universidade no meio do ano, ele ficou desnorteado. Não conseguia entender que eu tivesse deixado para trás, por uma questão de liberdade, um lugar tão certo, que do seu ponto de vista parecia um campo para engorda de animais.

Eu vivi uma boa temporada em Londres. De longe, passei a ter certeza de seu afeto por mim, visto como algo abstrato. Comecei a viver a minha própria vida. Minha mãe escrevia para contar tudo o que acontecia por lá. Está frio aqui tomara que passe logo. Domingo fomos ver nossos amigos em Granville. A mãe de fulana morreu com sessenta anos ainda nova. Ela não sabia fazer brincadeiras por escrito, em uma língua e com uma forma que por si sós já lhe dariam muito trabalho. Escrever da forma como ela falava teria sido ainda mais difícil, ela nunca tinha aprendido a fazer isso. Meu pai assinava embaixo da carta. Eu também respondia aos dois no mesmo tom informativo. Para eles, qualquer tentativa de desenvolver um estilo soaria como uma forma de mantê-los à distância.

* A Organisation Armée Secrète, ou OAS, foi uma organização paramilitar clandestina francesa que se opôs à independência da Argélia. Realizou ações terroristas tanto na Argélia quanto na França, sendo a mais conhecida delas o atentado contra a vida do general Charles de Gaulle, em 1962. (N. E.)

Voltei para casa, depois fui embora outra vez. Em Rouen, fui estudar na faculdade de Letras. Meus pais brigavam menos, apenas as observações grosseiras de sempre, como por hábito, "essa semana não teremos Orangina por culpa sua", "o que é que você tanto conta ao padre para ficar o dia inteiro enfiada lá na igreja". Embora ele ainda se esforçasse para manter a boa aparência da loja e da casa, tinha cada vez menos ideia do que fazer para atrair uma clientela nova. Contentavam-se com os clientes que não queriam ir às lojas do centro, onde se sentiam afugentados pelos vendedores que reparavam em *como você está vestido*. Meu pai já não tinha ambição. Resignara-se ao fato de que sua loja seria apenas um modo de sobrevivência que desaparecia com ele.

Estava decidido agora *a aproveitar um pouco a sua existência*. Levantava-se mais tarde, depois da minha mãe, trabalhava sem pressa no café, na horta, lia o jornal todo de uma vez, ficava conversando com as pessoas. A morte se insinuava de modo alusivo sob a forma de máximas, todos sabemos o que nos espera. Toda vez que eu entrava em casa, minha mãe: "Veja só seu pai, está como um peixe n'água".

No fim do verão, em setembro, ele captura com seu lenço vespas no vidro da janela da cozinha e as joga em cima do fogão, na chapa quente acesa. Elas morrem consumidas dando sobressaltos.

Nem preocupação nem alegria, ele acabou se resignando em me ver levar essa vida bizarra, irreal: aos vinte e poucos anos ainda estudante. "Ela quer ser professora". Os clientes não perguntavam de qual matéria, só contava o título, e ele nunca lembrava o que era. "Letras modernas" não queria dizer nada para ele, ao contrário de matemática ou espanhol. Temia que os outros me julgassem privilegiada demais, ou achassem que eles eram ricos para terem me criado assim. Mas também não ousava confessar que eu tinha uma bolsa, iam dizer que baita sorte eles têm para o Estado me pagar e eu não fazer nenhum trabalho braçal. Sempre rodeado pela inveja e pelo ciúme, talvez o que fosse mais claro em sua condição. Às vezes eu voltava para casa domingo de manhã depois de passar a noite em claro e dormia até o fim da tarde. Nenhum comentário, pareciam até aprovar, uma moça pode se divertir *de forma correta*, como se fosse uma prova de que, apesar de tudo, eu era normal. Ou então era uma representação ideal que eles faziam do mundo intelectual e burguês, inacessível aos dois. Quando a filha de um operário se casava grávida, o bairro todo sabia.

Nas férias de verão, eu convidava a Y... uma ou duas amigas da faculdade, moças sem *preconceitos*, que tinham me dito, "o que vale é o coração". Como quem busca se prevenir dos olhares condescendentes dos outros para a própria família, eu anunciara: "Sabe, lá em casa as coisas são bem *simples*". Meu pai ficava feliz de receber jovens tão bem-criadas em casa, conversava bastante com elas, preocupado em ser educado, não deixava a conversa esfriar e se interessava verdadeiramente por tudo o que dizia respeito às minhas amigas. As refeições eram uma preocupação à parte, "por acaso a *senhorita* Geneviève gosta de tomate?". Ele dava duro para agradar. Quando a família de uma dessas amigas me recebia em sua casa, eu participava de um estilo de vida que não se alterava em nada com a minha presença. Admitiam minha entrada nesse mundo que não temia nenhum olhar de fora e que só tinha se aberto para mim porque eu havia esquecido os modos, as ideias e os gostos do meu próprio mundo. Ao dar um caráter festivo àquilo que, em outros meios, era apenas uma visita banal, meu pai queria honrar minhas amigas e dar a impressão de que ele dominava as regras de cordialidade. Deste modo, ele acaba revelando, sobretudo, um comportamento de inferioridade que elas reconheciam mesmo sem querer, quando diziam "bom dia, senhor, *e aí*, tudo bem?".

Um dia, cheio de orgulho no olhar, ele me disse: "Eu nunca te fiz passar vergonha".

Certa vez, no final de um verão, *levei para casa* um estudante de ciências políticas com quem estava saindo. Esse ritual solene, que dizia respeito ao direito de alguém entrar em uma família, tinha sido apagado nos ambientes mais modernos e abastados, em que os namorados podiam entrar e sair livremente. Para receber esse jovem homem, meu pai colocou uma gravata, trocou o macacão azul por uma calça de domingo. Ele estava tão feliz, certo de que poderia considerar meu futuro marido como um filho e de que teria com ele, para além das diferenças de escolaridade, uma cumplicidade masculina. Levou o jovem para ver sua horta e a garagem que tinha construído sozinho, com as próprias mãos. Era uma amostra das coisas que sabia fazer, oferecida na esperança de que o rapaz que amava sua filha reconhecesse seu valor. Do meu namorado, meus pais esperavam apenas que fosse *bem educado*, qualidade que mais apreciavam, pois lhes parecia uma conquista difícil. Não procuraram saber, por exemplo, se meu namorado era trabalhador e se não bebia, como teriam feito se ele fosse um operário. Convicção profunda de que o conhecimento e as boas maneiras representavam uma excelência interior, inata.

Aquele momento era aguardado há anos, finalmente uma preocupação a menos. Agora tinham a certeza de que eu não iria *ficar com qualquer um* ou virar uma *desequilibrada*. Ele quis que suas economias ajudassem o jovem casal, desejando compensar, por meio de uma generosidade infinita, a distância cultural e hierárquica que o separava de seu genro. "Nós não precisamos de grande coisa."

No almoço de casamento, em um restaurante com vista para o Sena, ele está sentado com a cabeça um pouco para trás, as mãos sobre o guardanapo estendido em cima dos joelhos, sorrindo de leve, o olhar perdido, como aqueles que esperam, entediados, a comida chegar. Esse sorriso também quer dizer que todas as coisas aqui, hoje, vão muito bem. Ele veste um terno azul listrado, feito sob medida, e uma camisa branca que, pela primeira vez, traz abotoaduras. Tenho essa cena gravada na memória. Virei o rosto de volta para os meus convidados, todos contentes, com a certeza de que meu pai não estava se divertindo.

Depois, só encontrávamos com ele de vez em quando.

Fomos morar em uma cidade turística nos Alpes, onde meu marido tinha um cargo administrativo. Forramos as paredes com tecido de juta, servíamos uísque de aperitivo em casa, ouvíamos na rádio o panorama da música antiga. Palavras gentis ao passar pela zeladora do prédio. Deslizei para dentro dessa metade do mundo, para a qual a outra metade não passava de decoração. Minha mãe me escrevia, vocês poderiam vir aqui em casa para descansar um pouco, sem ter coragem de me dizer que fôssemos até lá apenas para vê-los. Acabava indo sozinha, calando os verdadeiros motivos para a indiferença que o genro demonstrava, motivos que ele e eu não discutíamos, e que eu aceitava resignada. De que maneira um homem nascido em uma família burguesa, com formação universitária, e que manejava bem o uso da ironia, poderia se divertir na companhia de *pessoas simples*? A gentileza de meu pai, que meu marido reconhecia, jamais poderia compensar, de seu ponto de vista, uma falta essencial: uma conversa inteligente. Na família dele, por exemplo, quando alguém quebrava um copo, o outro dizia em seguida "não toquem no copo, que ele se quebrou!" (um verso de Sully Prud'homme).

Era sempre ela que me esperava no desembarque do trem vindo de Paris, perto da saída. Pegava minha mala à força, "está muito pesada, você não está acostumada a carregar peso assim". Na mercearia, havia um cliente ou dois, que ele deixava de atender por um segundo para me dar um beijo com seu jeito rude. Eu me sentava na cozinha, eles ficavam em pé, ela ao lado da escada, ele na soleira da porta que dava para o salão do café. Naquela hora, o sol iluminava as mesas, os copos sobre o balcão, às vezes um cliente debaixo da nesga de luz nos ouvindo. Morando longe, eu havia despido meus pais de seus gestos e suas falas, eram agora "corpos gloriosos". Ali podia ouvir de novo a maneira normanda de dizer "a" para se referir a "ela", o modo como eles falavam alto. Reencontrava meus pais como eles sempre tinham sido, sem as atitudes "sóbrias" ou a linguagem correta, que agora me pareciam naturais. Eu me sentia afastada de mim mesma.

Tiro da bolsa o presente que levei para ele. Ele desembrulha com alegria. Um frasco de *after shave*. Desconforto, alguns risinhos sem graça, para que serve isso? E, depois, "vou parecer uma mocinha usando perfume!". Mas prometeu que iria usar. Cena ridícula de quando damos um presente errado. Vontade de chorar como eu fazia antigamente, "ele não vai mesmo mudar nunca!".

Falávamos sobre os conhecidos do bairro, casamentos, mortes, gente que partia de Y... Eu descrevia em detalhes o apartamento, a escrivaninha estilo Louis-Philippe, os sofás de veludo vermelho, o aparelho de som. Em um instante, ele não estava mais me ouvindo. Tinha me criado para que eu desfrutasse de um luxo que ele próprio ignorava. Estava feliz, mas o colchão Dunlopillo ou a cômoda antiga só lhe interessavam na medida em que confirmavam meu êxito. Normalmente, para resumir, ele me dizia: "Você faz bem em aproveitar tudo isso".

Eu nunca ficava lá por muito tempo. Ele me confiava uma garrafa de conhaque para entregar ao meu marido. "Claro, vamos nos ver na próxima vez." Ficava orgulhoso por não deixar transparecer nada, *sentimentos guardados bem no fundo do bolso*.

O primeiro supermercado que chegou a Y... atraiu a clientela operária de todos os cantos, finalmente era possível fazer compras sem ter de perguntar nada a ninguém. Porém, eles não deixavam de incomodar o pequeno comerciante da mercearia ao lado por causa do pacote de café que tinham esquecido de comprar na cidade, do leite fresco e do chiclete Malabars, que as crianças comiam antes de ir para a escola. Ele começou a pensar em vender a loja. Poderiam ir morar em uma casa anexa que tinham comprado há muito tempo, na mesma época do café-mercearia, era um quarto e sala com cozinha e adega. Ele levaria para lá bons vinhos e conservas. Criaria algumas galinhas para ter ovos frescos. Poderia vir nos visitar na região de Haute-Savoie. Aos 65 anos, estava satisfeito de poder ter acesso à previdência social. Quando voltava da farmácia, sentava à mesa e ficava colando com alegria os selos promocionais.

A cada dia, ele gostava mais de viver.

Vários meses se passaram desde o momento em que comecei essa narrativa, em novembro. Levei bastante tempo para conseguir escrever porque não era nada fácil lançar luz sobre fatos esquecidos, talvez fosse mais simples inventar. A memória se mostra resistente. Não podia contar com as reminiscências vindas com o rangido da campainha de uma loja antiga, com o cheiro do melão demasiado maduro, nelas encontro apenas eu mesma, e minhas férias de verão em Y... A cor do céu, os reflexos dos álamos no rio Oise perto dali: não podiam me ensinar nada. Busco a figura do meu pai na maneira como as pessoas se sentam e se entediam nas salas de espera, como falam com seus filhos, como se despedem umas das outras na plataforma da estação de trem. Encontrei em pessoas anônimas vistas não sei onde, que trazem, mesmo sem saber, traços de força ou de humilhação, a realidade esquecida de sua condição.

Não houve primavera este ano, fiquei com a impressão de estar presa em um clima sem variações desde novembro, frio e chuvoso, só um pouco mais frio no auge do inverno. Não pensava no fim do meu livro. Agora eu sei que ele se aproxima. O calor chegou no começo de junho. Só de respirar pela manhã, dá para saber que fará um dia bonito. Logo não terei mais nada para escrever. Queria adiar as últimas páginas, queria que elas pudessem estar sempre à minha frente. Mas não é possível voltar muito atrás, corrigir ou acrescentar coisas, e nem mesmo me perguntar onde estava a felicidade. Vou tomar o trem pela manhã e só chegarei lá à tardinha, como sempre acontece. Desta vez levo o neto de dois anos e meio para eles verem.

Minha mãe esperava no desembarque, o blazer por cima da camisa branca e um lenço cobrindo os cabelos, que ela tinha deixado de pintar desde o meu casamento. O menino, calado pelo cansaço e perdido ao fim dessa viagem interminável, se deixa abraçar e levar pela mão. O calor tinha amenizado um pouco. Minha mãe anda sempre com passos curtos e rápidos. De repente, ela diminuiu os passos gritando, "Atenção, atenção! Hoje temos aqui conosco essas perninhas". Meu pai nos esperava na cozinha. Não parecia ter envelhecido. Minha mãe contou que, na véspera, ele tinha ido ao barbeiro para estar apresentável para o menino. Uma cena atrapalhada, com exclamações, perguntas ao neto sem esperar respostas, um censurando o outro, mas que canseira você está dando nesse mocinho, por fim, o prazer de estarem com ele. Ficaram tentando descobrir *de que lado ele estava*. Minha mãe o levou até os potes com balas. Meu pai, ao jardim para ver os morangos, depois os coelhos e os patos. Eles se encarregaram completamente do neto, decidindo tudo o que ele deveria fazer, como se eu tivesse virado uma menininha incapaz de cuidar de uma criança. E aceitando, reticentes, os princípios de educação que eu acreditava serem necessários, fazer a sesta e não comer doces. Comíamos os quatro na mesa em frente à janela, o menino sentado em meus joelhos. Uma noite bela e calma, um momento que tinha algo de redentor.

Meu antigo quarto mantivera o calor do dia. Eles tinham instalado uma cama menor ao lado da minha para o pequeno. Demorei umas duas horas para dormir, depois de ter tentado ler um pouco. Logo que acendi o abajur, o fio escureceu e, soltando faíscas, a lâmpada apagou. Era uma lâmpada arredondada que ficava em cima de uma base de mármore com um coelho de cobre sentado, as patas dobradas. Em outros tempos, eu achava esse abajur tão bonito! Devia estar quebrado há muito tempo. Já não consertavam mais nada nesta casa, a indiferença pelas coisas.

Agora era outro tempo.

Acordei tarde. No quarto ao lado, minha mãe falava baixinho com meu pai. Ela me explicou depois que logo de manhãzinha ele tinha passado mal e vomitado sem nem ter tido tempo de chegar ao banheiro. Ela imaginou que pudesse ter sido uma indigestão, causada pelas sobras do frango que havíamos comido no almoço da véspera. Ele estava sobretudo preocupado em saber se ela tinha limpado o chão e reclamava de uma dor no peito. Sua voz parecia transformada. Quando o menino se aproximou, ele não deu muita bola, ficou sem dizer nada, com as costas retas.

O médico subiu direto ao quarto. Minha mãe estava atendendo os clientes na loja. Em seguida ela subiu e depois ela e o médico desceram juntos para a cozinha. Debaixo da escada, o médico cochichou que seria preciso levá-lo para o hospital principal de Rouen. Minha mãe ficou arrasada. Desde o início, me disse, "ele insiste em continuar comendo as coisas que não caem bem", e para o meu pai, entregando-lhe um copo d'água, "você sabe muito bem que seu estômago é sensível". Ela ficou segurando o guardanapo limpo que tinha sido usado pelo médico para auscultar meu pai. Parecia que não estava entendendo muito bem e insistia em rejeitar a gravidade daquilo que, inicialmente, não vimos. O médico retomou o assunto, sugeriu que aguardássemos até a tarde para decidir o que fazer, talvez fosse apenas o calor extremo.

Saí para comprar os remédios. O dia se anunciava pesado. O farmacêutico me reconheceu. Na rua havia poucos carros a mais do que em minha última visita, no ano anterior. Tudo aqui continuava tão parecido desde a minha infância que eu não conseguia aceitar que meu pai estivesse doente de verdade. Comprei legumes para fazer um *ratatouille*. Os clientes ficavam preocupados com o "patrão", ele ainda não tinha se levantado nesse dia lindo. Encontravam explicações simples para o mal-estar dele, usando como prova as próprias sensações, "ontem estava fazendo pelo menos quarenta graus no jardim, se eu tivesse ficado no sol a pino teria passado mal também" ou "com esse calor a gente fica indisposto, não comi nada ontem". Assim como minha mãe, eles achavam que meu pai estava doente por ter desobedecido a natureza das coisas e se comportado como se fosse um garoto. Ele estava sendo punido agora, não podia teimar em fazer tudo outra vez.

Passando perto da cama, na hora da sesta, o menino perguntou: "Por que o senhor está tirando uma soneca agora?".

Minha mãe subia sempre nos intervalos entre os clientes. A cada vez que a campainha tocava, eu gritava para ela de baixo, como nos velhos tempos, "está cheio de gente!" para que ela viesse atender as pessoas. Ele só conseguia tomar água, mas seu estado não tinha piorado. À noite, o médico não falou mais sobre ir para o hospital.

Na manhã seguinte, a cada vez que minha mãe ou eu perguntávamos como se sentia, ele suspirava com raiva ou se queixava por estar há dois dias sem comer. O médico não fez nenhuma brincadeira, como era seu costume, dizendo "são só uns gases presos". Ao vê-lo descendo a escada, esperei que viesse com essa ou outra brincadeira. À noite, minha mãe murmurou, olhando para baixo: "não sei o que vai acontecer". Ela ainda não tinha evocado a possível morte do meu pai. Desde o dia anterior, sentávamos juntas para comer, cuidávamos do menino, mas sem dizer nada sobre a doença. Respondi "vamos ver o que vai acontecer". Perto dos dezoito anos, algumas vezes tive que ouvi-la me jogar na cara, "se te acontece alguma *desgraça*... você sabe o que fazer". Não era necessário explicitar qual seria a desgraça, uma e outra sabíamos bem do que se tratava sem nunca ter de pronunciar a palavra, engravidar.

Na noite de sexta para sábado, a respiração do meu pai ficou profunda e entrecortada. Depois, um som alto e contínuo de alguma coisa borbulhando, diferente do som da respiração. Foi horrível porque não dava para saber se vinha dos pulmões ou dos intestinos, como se todo o interior dele se comunicasse. O médico lhe aplicou uma injeção de calmante. Ele se tranquilizou. À tarde, guardei a roupa passada no armário. Por curiosidade, tirei um tecido de algodão cor-de-rosa, desdobrando-o à beira da cama. Ele, então, se levantou para ver, me dizendo com sua voz renovada: "É para fazer um forro novo para o seu colchão, sua mãe refez este aqui". Ele levantou o lençol de modo que pudesse mostrar o próprio colchão. Foi a primeira vez desde que passara mal que se interessava por alguma outra coisa ao seu redor. Lembro que nesse momento achei que nem tudo estava perdido, como se aquelas palavras servissem para mostrar que ele não estava muito doente, quando na verdade esse esforço para se ligar ao mundo significava justamente o contrário, que ele já estava bem afastado daqui.

Em seguida, não falou mais nada comigo. Estava lúcido o tempo todo, se virava para tomar a injeção quando a enfermeira chegava, respondia sim ou não às perguntas da minha mãe, se estava sentindo dor, sede etc. De vez em quando reclamava, como se a resposta para a cura estivesse ali à mão e alguém a negasse: "se ao menos eu pudesse comer". Ele já não calculava há quantos dias estava em jejum. Minha mãe repetia, "um pouco de dieta não faz mal a ninguém". O menino brincava no jardim. Eu o observava enquanto tentava ler *Os mandarins*, de Simone de Beauvoir. Não conseguia entrar na leitura. Quando terminasse esse livro enorme, meu pai não estaria mais vivo. Os clientes sempre pediam notícias. Queriam saber o que ele tinha tido exatamente, um infarto ou uma insolação, as respostas vagas de minha mãe suscitavam uma reação incrédula, achavam que estávamos escondendo alguma coisa. Para nós, o nome da doença não tinha a menor importância.

No domingo de manhã, acordei com um murmúrio cantado, cortado por silêncios. A extrema-unção católica. A coisa mais obscena que existe no mundo, enfiei a cabeça no travesseiro. Para conseguir que o padre viesse depois da primeira missa do dia, minha mãe devia ter se levantado bem cedo.

Mais tarde, subi para ficar com ele numa hora em que minha mãe estava atendendo os clientes. Ele estava sentado na beira da cama, a cabeça baixa, olhando desesperadamente para a cadeira ao seu lado. Estava segurando o copo vazio com o braço estendido. A mão tremia com violência. Demorei para entender que ele queria colocar o copo em cima da cadeira. Durante segundos intermináveis, fiquei olhando para a mão dele. O ar desesperado. Enfim, peguei o copo e coloquei meu pai deitado, levantando suas pernas para cima da cama. "Eu consigo fazer" ou "sou bem grandinho para conseguir fazer isso". Tomei coragem para olhar de verdade para ele. O rosto trazia apenas uma relação muito tênue com o que ele sempre tinha sido para mim. Em volta de sua dentadura — que ele tinha se recusado a tirar — os lábios estavam levantados por cima da gengiva. Ele tinha se tornado um desses velhos acamados do asilo para os quais a diretora da escola religiosa nos fazia cantar aos berros as canções de Natal. Apesar de tudo, mesmo em tal estado, eu ainda achava que ele poderia viver por muito tempo.

Ao meio-dia e meia, coloquei o menino para dormir. Ele estava sem sono nenhum e pulava na cama de molas com toda energia. Meu pai respirava com dificuldade, os olhos bem abertos. Minha mãe fechou o café e a mercearia, como fazia todos os domingos, por volta de uma hora. E subiu para ficar com ele. Enquanto eu lavava a louça, meu tio e minha tia chegaram. Depois de terem visto meu pai, acomodaram-se na cozinha. Eu preparei um café.

Ouvi minha mãe caminhando devagar no andar de cima, depois descendo a escada. Apesar do passo lento, incomum, achei que ela estivesse vindo tomar café. Na curva da escada, ela disse, baixinho: "Acabou".

A loja não existe mais. Agora é uma residência, com cortinas de poliéster onde ficavam as antigas vitrines. O lugar se apagou com a partida da minha mãe, que hoje mora em um apartamento perto do centro. Ela mandou colocar um belo monumento de mármore no túmulo. A... D... 1899-1967. É sóbrio e não exige manutenção.

Eu acabei me reencontrando com a herança que tive de deixar do lado de fora do mundo burguês e instruído quando entrei nele.

Um domingo depois da missa, quando eu tinha doze anos, subi com meu pai a grande escadaria da prefeitura. Procuramos a porta da biblioteca municipal. Nunca tínhamos ido lá, eu estava na maior euforia. Não se ouvia nenhum barulho por trás da porta. Mesmo assim, meu pai a empurrou. Estava tudo silencioso, ainda mais do que na igreja, o assoalho estalava e havia aquele cheiro estranho de coisa velha. Dois homens nos observaram chegar de um balcão bem alto que barrava o acesso às estantes. Meu pai deixou que eu falasse: "Gostaríamos de levar alguns livros emprestados". Um dos homens logo respondeu: "Que tipo de livro vocês gostariam de levar?". Em casa não tínhamos pensado que era preciso saber antes aquilo que gostaríamos de ler, poder citar títulos com tanta facilidade quanto dizer os nomes das marcas de biscoitos. Eles acabaram escolhendo os livros por nós, *Colomba*, de Prosper Merimée, para mim e um romance *leve* de Maupassant para meu pai. Não voltamos à biblioteca. Foi minha mãe que teve de devolver os livros, provavelmente com atraso.

Ele me levava para a escola em sua bicicleta. Barqueiro entre duas margens, debaixo de sol e de chuva.

Talvez seu maior orgulho, ou até mesmo aquilo que justificava a sua existência: que eu fizesse parte de um mundo que o desprezou.

Ele gostava de cantar: *É o remo do meu barco que nos leva em um arco.*

Me lembro de um título, *A experiência dos limites*. E do meu desânimo lendo o início do livro, que só tratava de metafísica e literatura.

Durante todo o tempo em que escrevi, também corrigi provas, preparei modelos de dissertações escolares, porque me pagam para fazer isso. Este jogo de ideias sempre produziu em mim a mesma sensação que o *luxo*, um sentimento de irrealidade, uma vontade de chorar.

No mês de outubro do ano passado, reconheci, no caixa do supermercado, bem na fila onde eu aguardava com meu carrinho, uma antiga aluna. Quero dizer, lembrei que ela tinha sido minha aluna uns cinco ou seis anos antes. Não sabia seu nome, nem de qual turma ela era. Quando chegou minha vez, para puxar assunto, perguntei: "Como estão as coisas? Você gosta daqui?". Ela respondeu, sim sim. E, em seguida, depois de ter passado as latas de conserva e as bebidas, disse em um tom chateado: "A escola técnica não deu certo". Ela devia achar que eu ainda me lembrava das escolhas dela. Mas eu havia esquecido por completo por que ela fora enviada para uma escola técnica, e para qual carreira. Então eu disse: "até a próxima". Ela já estava pegando com a mão esquerda as compras do cliente seguinte enquanto ia digitando, sem olhar, com a mão direita.

novembro de 1982 — junho de 1983

FSC
www.fsc.org
MISTO
Papel | Apoiando o manejo florestal responsável
FSC® C011095

A marca FSC® é a garantia de que a madeira utilizada na fabricação do papel deste livro provém de florestas gerenciadas de maneira ambientalmente correta, socialmente justa e economicamente viável e de outras fontes de origem controlada.

Título original: *La place*

DIRETORAS EDITORIAIS Fernanda Diamant e Rita Mattar
EDITORA Rita Mattar
ASSISTENTE EDITORIAL Mariana Correia Santos
PREPARAÇÃO Luisa Tieppo
REVISÃO Eduardo Russo, Paula B. P. Mendes e Laura Victal
PRODUÇÃO GRÁFICA Jairo Rocha
CAPA Bloco Gráfico
IMAGEM DA CAPA Arquivo privado de Annie Ernaux (direitos reservados)
PROJETO GRÁFICO Alles Blau
EDITORAÇÃO ELETRÔNICA Alles Blau e Página Viva

Dados Internacionais de Catalogação na Publicação (CIP)
(Câmara Brasileira do Livro, SP, Brasil)

Ernaux, Annie

O lugar / Annie Ernaux ; tradução Marília Garcia. — São Paulo : Fósforo, 2021.

Título original: La place
ISBN: 978-65-89733-02-7

1. Ficção francesa I. Título.

21-59736 CDD – 843

Índice para catálogo sistemático:
1. Ficção : Literatura francesa 843

Cibele Maria Dias — Bibliotecária — CRB/8-9427

1ª edição
7ª reimpressão, 2024

Editora Fósforo
Rua 24 de Maio, 270/276
10º andar, salas 1 e 2 — República
01041-001 — São Paulo, SP, Brasil
Tel: (11) 3224.2055
contato@fosforoeditora.com.br
www.fosforoeditora.com.br

Este livro foi composto em GT Alpina e
GT Flexa e impresso pela Ipsis em papel
Pólen Bold 90 g/m² da Suzano para a
Editora Fósforo em agosto de 2024.